U0947421

牛仔裤的夏天

The Sisterhood of the Traveling Pants

［美］安·布拉谢尔 著
李亚萍 译

上海文艺出版社

果麦文化 出品

献给我的挚友乔迪·安德森

并非所有流浪者都迷失方向。

——J.R.R. 托尔金

楔子

曾经有一条裤子，它是那种人手一件的必备单品——牛仔裤，颜色当然是蓝色的，不过没那么死板，就是那种开学第一天随处可见的新鲜蓝色。这种蓝色很温柔，是渐变的，膝盖和臀部有点磨白，裤脚做了白色的波纹处理。

在我们遇见它之前，它的生活应该相当滋润，这可以看得出来。我觉得二手商店有点像动物收容所。不管你在那里淘到什么，都是拜它的前主人所赐。我们的裤子可不像没人疼的小狗，那种狗神经兮兮的，只会声嘶力竭地从早嚎到晚。我们的裤子更像是被主人宠溺的大狗，主人离开它只是因为要搬到公寓楼里去住。

我可以负责地说，这条裤子肯定不是因为经历了什么惨剧，才流落到我们手中的。它只是见证了有些凄凉，却很正常的生活转变。而我们后来发现，这是这条牛仔裤常常经历的事。

这是一条气场强大却不张扬的牛仔裤。你看上一眼，可能只会在心里想“好吧，裤子嘛”；也可能仔细看看它那复杂而美丽的颜色和针脚。它不会强迫你赞美它，它喜欢默默无闻地尽自己的本分——衬托你臀部的曲线，却不会让它显得太过丰满。

我在乔治敦郊区的一家二手商店里买到了这条裤子，那家二手商店夹在一家卖水的店（我不清楚你怎么想，但我从不去那里，我在家喝水，还是免费的呢）和一家叫“Yes！”的健康食品店之间。我们中间只要有一个人提到“Yes！”（只要有可能，我们就会想方设法提到它），其他人就都会扯着嗓门高喊“Yes”。那天，我跟莉娜、莉娜的妈妈和莉娜的妹妹艾菲一起出去。艾菲准备参加高二的舞会，需要买条裙子。艾菲这姑娘和别人不一样，她不会直接去百货商场买条火红的吊带裙，她要的可是古着之类的玩意儿。

我之所以买下这条牛仔裤，主要是因为莉娜的妈妈讨厌旧衣店。她说只有穷人才穿二手衣。只要艾菲从衣架上取衣服，她就会反复唠叨：“我觉得这衣服太脏了，艾菲。”其实我在心底里挺赞同她的话，这让我有几分惭愧。当时我真恨不得去一家无趣的连锁专卖店，那里的衣服虽然没有个性，却干净整洁。不过，我总得买点什么。那条牛仔裤就在收银台旁的架子上，叠得整整齐齐的。我猜它可能已经洗过了，而且加上税也只卖三点四九美元。我连试都没试，所以你应该看得出来，我买下这条裤子，就没想着要穿它。我的屁股很大，一般的裤子根本穿不下。

艾菲挑了一件摩登风小短裙，和舞会的气氛压根不搭调。

莉娜选了一双破破烂烂的乐福鞋，像是被谁的祖爷爷穿过了似的。莉娜有一双大脚，差不多有四十码。脚是她身上唯一不完美的部位，可我爱死她的这双大脚了。不过，这鞋还是够惊悚的。买旧衣服固然很丢人，但从理论上来讲，衣服毕竟是可以洗的，可旧鞋呢？

回家后，我把牛仔裤扔到衣柜的最里边，它就完全被我抛之脑后。

在我们准备各奔东西过暑假之前的一个下午，这条牛仔裤再次出现了。我准备去南卡罗莱纳州和爸爸住一段时间；莉娜和艾菲准备去希腊，和她们的奶奶住两个月；布丽吉特要去下加州（那地方好像在墨西哥吧，我不清楚）参加一个足球训练营；蒂比要待在家里。这是我们第一次在夏天分开，我想我们每个人都有几分陌生的茫然感。

去年夏天我们所有人都在暑期学校修了美国历史，因为莉娜说，这门课在暑期学校比平时好拿高分。我想莉娜肯定是拿到了高分。前年夏天我们是在马里兰州的东海岸度过的，我们都在高木夏令营里做辅导员。布丽吉特教孩子们踢足球和游泳，莉娜教绘画和手工，蒂比则又被困在了厨房里，而我则在戏剧演艺班里做辅导工作。有一天，我对两个九岁的小魔头发火，营地负责人立刻把我调到办公室去舔信封[1]。他

1 这种信封的封口处类似于邮票背面，上面有背胶，用口水或者其他液体湿润封口就能让背胶产生黏性。——译者注，下同

们本可以直接炒了我，不过我想爸爸妈妈可能给他们付了钱，他们必须得让我在那里工作。

再往前想我就记不清了，好像前几年的夏天我们都在洛克伍德公共泳池，涂婴儿油晒太阳，对自己的身材牢骚满腹（我的胸太大了，蒂比是“太平公主”）。我如愿晒黑了一些，但头发并没有晒成理想中的金色。

再以前呢？哦，天哪，我实在想不起来是怎么过的了。蒂比有一段时间去社工营，帮忙做一些搭建廉租房的工作；布丽吉特没完没了地上网球课；莉娜和艾菲成天在他们家的泳池里戏水。说老实话，我好像总在看电视。尽管如此，我们每天还是要聚几个小时，周末的时候一整天都会厮混在一起。有几年的夏天比较特别：有一年，莉娜家建了游泳池；有一年，布丽吉特出水痘，还传染了我们所有人；还有一年夏天，我爸爸搬走了。

不知道为什么，我们的生活总是以夏天为里程碑。莉娜和我读的是公立小学，布丽吉特去了一所私立学校，那所学校有很多运动健将。蒂比还是上尹布瑞学校，这所学校小得可怜，气氛诡异，学生坐在豆袋椅上，他们不用课桌，也没有分数。所以，夏天是我们所有人团聚的季节，我们的生日都在夏天，真正重要的事都发生在夏天。不过，布丽吉特母亲自杀的事却是个例外——她是在圣诞节的时候自杀的。

我们的友谊在没出生前就开始了。我们四个人都是在夏末出生的，生日前后相隔不到十七天：莉娜最先出生，她的生日在八月底；我最后，在九月中旬。其实这不是什么巧合，我还是讲讲原因吧。

在我们即将出生的那个夏天，我们的母亲在吉尔达俱乐部举办的一个孕妇有氧运动班相遇（你可以想象一下），她们都被分到了九月组（莉娜出生得早了一点）。在那时，有氧运动是非常流行的。我估计她们班其他成员的预产期可能在冬天，所以九月组的肚子尤其明显。教练担心她们随时都会生产，所以不得不为她们改变运动方式。妈妈说，那个老师老是吼她们，“九月组！重复四组；注意！注意！”有氧运动教练的名字正好叫四月，妈妈她们都很讨厌这个女人。

下课之后，九月组开始聚在一起，抱怨自己的脚肿了、身材变差了，再嘲笑嘲笑四月。后来我们出生了，奇怪的是我们都是女孩（布丽吉特还有一个龙凤胎弟弟）。这时我们的妈妈仍然聚在一起，形成了一个小小的妈咪互助组。她们一起抱怨晚上没法睡觉，产后身材仍然无法恢复，还把我们扔在一张毯子上，任由我们滚作一团。一段时间后，这个俱乐部互助小组解散了。不过，直到我们三岁，那几年夏天，妈妈们都会把我们都带到洛克伍德泳池，我们一样有机会聚在一起。我们在婴儿泳池里小便，玩彼此的玩具。

再后来，母亲们之间的友谊渐渐有点淡漠了。我不知道为什么，也许是因为她们的生活变复杂了吧。她们中间有一两个人重返职场。蒂比的父母搬到了罗克维尔派克附近的一家农场。也许我们的母亲们真的没什么共通之处，她们不过是同时怀孕罢了。我的意思是，她们本来就不是同一路人，你可以看看：蒂比的妈妈是个愤青；莉娜的妈妈是个志向远大的希腊人，她还在努力攻读社工学校；布丽吉特的妈妈是个亚拉巴马州的年轻富家女，缺乏社会经验；而我的妈妈则是个波多黎各女人，那时正在经历一段动荡的婚姻。就算如此，她们还是做了一段时间的朋友，我甚至都能记得一星半点。

如今，友谊对我们的妈妈来说，不过是可有可无的东西而已——它的地位低于丈夫、孩子、事业、家庭和金钱，大概就介于户外烧烤和音乐之间。不过对我们来说，友谊胜过一切。妈妈对我说："等学业有难度了，你们开始想恋爱了，就不那么密切了；等你们开始竞争了，就不那么密切了。"可她错了，友谊对我们来说胜过一切。

最后，母亲们之间的友谊戛然而止，而我们之间的友谊却在落地生根。她们有点像离婚男女，本来不是一路人，只是因为孩子和回忆才凑合在一起。就事论事地说，她们之间没什么感情可言——尤其是在布丽吉特的母亲自杀之后。她们之间似乎充满了失望，甚至还有一些小秘密，因此她们只得小心地停在这脆弱的冰面上。

现在，我们才是九月组，真正的九月组。我们是彼此的一切。这不需要说出来，事实就摆在这里。有时，我们亲密无间，好得像一个人似的，完全不分彼此。我们四人完全是不同的类型——布丽吉特是体育健将，莉娜是大美女，蒂比性格叛逆，至于卡门我嘛……怎么说呢？我脾气火暴，不过我最珍惜友谊，最在意我们所有人都在一起。

你知道友谊的秘诀是什么吗？很简单，我们珍视彼此，善待彼此。你知道这有多难得吗？

妈妈说我们不可能永远好下去，不过我不相信。这条牛仔裤就是明证，它证明我们注定是好姐妹，无论世事如何变化，我们都会在一起。不过，这也是一种挑战。我们不可能总住在马里兰州的贝塞斯达，不可能总盘腿坐在空调房里。我们相互许下诺言，将来有一天，我们会去看真正的大千世界，找到自己的位置。

我可以告诉你，我眼光敏锐，一眼就看上了那条牛仔裤，对它充满信心。不过这是骗你的，说老实话，我差点把它给扔了。现在，我们需要倒回去一点，让我给你讲这条魔法牛仔裤是如何诞生的。

幸运从不会白给你好处，它给你的一切都是要还的。

——瑞典谚语

1

“你能把箱子关上吗？”蒂比问卡门，“看着真恶心。”

卡门瞥了一眼敞开扔在床中央的帆布行李箱。突然之间，她希望自己的内裤全都是崭新的。她最得意的绸缎内裤腰带处露出了小小的松紧带头。

“我快疯了。”莉娜说，“我还没开始打包，可飞机七点就要起飞。”

卡门狠狠地拍着箱盖，把它关上，然后坐在地毯上。她的脚趾甲上涂了海军蓝的指甲油，她要把它给洗掉。

“莉娜，你能不能不说那个字眼？”蒂比挤在卡门的床边问道，“听了真让我恶心。”

“哪个字眼？”布丽吉特忙问，“‘打包’‘飞机’，还是‘七点’？”

蒂比想了想。“这些字眼都不能说。”

“哦，蒂儿。”坐在地毯上的卡门扯了扯蒂比的脚，“别难过。”

蒂比抽回她的脚。“你当然不难过，你马上要出去度假了，天天去吃烧烤，玩爆竹什么的。”

蒂比根本不了解南卡罗莱纳州那边的生活，但卡门知道现在不能和她理论。

莉娜小声叹了一口气，以示同情。

蒂比又把战火引向了莉娜。“莉娜，别发出那种可怜我的声音。”

莉娜清了清嗓子，飞快地说：“我没有。”其实她有。

“别闷闷不乐了。”布丽吉特劝慰蒂比，“你这是自怨自艾。”

“才不是呢。”蒂比迅速还击，她对着布丽吉特交叉手腕，做了一个施魔法的手势。“不许做动员演讲，这不公平。你自己心情不好的时候，我才会允许你做演讲。”

“我没有做演讲啊。”布丽吉特为自己辩护，虽然很苍白无力。

卡门扬起她那智慧的眉毛。“嘿，蒂儿？你存心找茬是不是？也许这样你就不会想念我们，我们也不会想念你了，是吧？”

“卡卡！”蒂比大声叫道，她站起身来，推了卡门一下。“我看透了你的心思，你是在给我做心理学分析。没门儿！不许！”

卡门的脸涨红了。“我没有。”她唯唯诺诺地低声说。

这三个姑娘被蒂比教训得不敢还嘴了，只得沉默地坐着。

“天哪，蒂比，你让我们说什么好呢？”布丽吉特问道。

蒂比想了想。“你可以说……”她环视房间，眼中溢满泪水，但卡门知道她其实不想当着她们的面哭。“你们可以说……”蒂比的目光停在卡门衣柜里的一堆衣服上，她的眼睛突然亮了起来——衣服的最上面叠着一条牛仔裤。“你可以说，‘嘿，蒂比，你要这条牛仔裤吗？’”

卡门听蒙了，她盖上洗甲水的瓶子，走到衣柜前，径直拿出裤子。蒂比一向喜欢又丑又怪的衣服。这不过是条牛仔裤罢了。“你是要这条牛仔裤吗？”这裤子被忽略了太久，已经有了三处褶皱。

蒂比严肃地点点头。“正是。”

“你真的想要它吗？”卡门没有说她本想扔了这条裤子。她要假装这裤子很重要，这样更显得她对蒂比好。

“当然。”

蒂比是在要求卡门展示无条件的爱，而她确实有这个特权。毕竟，卡门、莉娜、布丽吉特第二天就可以坐飞机远行，她们的暑假将会新鲜而刺激。而蒂比还是留在该死的贝塞斯达，她还得去渥曼超市打零工，收入只比最低工资多五美分。

“好吧。”卡门友善地说着，把裤子递了过去。

蒂比心不在焉地抱着裤子，这一切来得太容易，她居然有一点泄气。

莉娜盯着这条牛仔裤。“这裤子是在 Yes! 旁边的旧货店里买的吗？”

“正是！”卡门大声回应道。

蒂比展开裤子。“真漂亮。”

突然之间，卡门觉得这条裤子大不一样了。现在有人赏识它，它的身价顿时陡增。

“你不应该试试吗？”莉娜问了一个很实际的问题，“如果卡门穿这裤子正好，可能你穿会大了。”

卡门和蒂比一起瞪着莉娜，两人都不知道谁更该为莉娜的话生气。

“什么？”布丽吉特过来帮腔了，“你们的身材本来就截然不同，这谁都知道嘛。”

“够了！”蒂比的怒火又被点燃了。

蒂比脱下身上破旧的棕色工装裤，露出里面淡紫色的全棉内裤，她气鼓鼓地背对着朋友套上牛仔裤。然后，她拉上拉链，扣好扣子，转过身来。“看吧！”

莉娜看呆了。“哇哦。”

“蒂儿，你身材很好嘛。”布丽吉特禁不住叫好。

蒂比尽量不让自己喜形于色。她走到镜子前，侧着身子仔细端详。“这裤子不赖吧？”

“这真的是我的裤子吗？”卡门喃喃自问。

蒂比虽然瘦小，胯很窄，可双腿却比较修长。裤子正好卡在她的腰线以下，把她的臀部勾勒得玲珑有致。裤子是低腰的，蒂比平坦的小腹露出一点，肚脐凹陷下去，相当好看。

“你看起来像个女孩子了。”布丽吉特又说了一句。

蒂比没有争辩。她有自知之明，知道自己瘦小干枯，成天穿宽松款的裤子，毫无线条可言。

蒂比穿这条裤子有些长了，裤脚堆在脚上，但她却毫不介意。

刹那之间，蒂比又不那么确定了。“我不知道。也许你们也该试一下。”她轻手轻脚地解开扣子，拉开拉链。

“蒂比，你疯了！”卡门发话了，“这条裤子和你是绝配，跟你的身材和气质都很搭。”卡门还没看够，这条裤子衬得蒂比仿佛变了一个人。

蒂比把裤子扔给莉娜。“该你试了。”

“为什么？这条裤子注定就是你的。”莉娜十分不解。

蒂比耸耸肩。“叫你试你就试。”

莉娜的目光掠过裤子，似乎颇有些兴趣。卡门看在眼里，立刻怂恿道：“为什么不呢？莉娜，你也试试。”

莉娜盯着裤子有些犹疑。她脱下身上的卡其裤，套上这条牛仔裤。莉娜小心翼翼地将裤子拉起来扣好，站在镜子前端详自己。

布丽吉特若有所思。

“莉莉，你迷死我了。”蒂比忍不住开口了。

“上帝啊，莉娜！”卡门叫道，说完她还在心底向上帝道歉。

“这条裤子真漂亮。”莉娜低声自语，说得小心翼翼。

她们看惯了莉娜的模样，但卡门知道，别人乍一见到莉娜都会惊艳得目瞪口呆。她有着小麦色的皮肤，极具地中海风情，头发又直又亮，大大的眼睛，颜色是水芹一样的鲜绿。莉娜的脸轮廓分明，五官精致，有时卡门看了都会头晕目眩。卡门有一次对蒂比坦白，她有点担心，怕哪个电影导演有一天会发现莉娜，把她带走。结果蒂比说她也有同样的担心。绝色尤物和长相怪异的人有点相似——等你和他们相处的时间长了，就基本不会再大惊小怪了。

裤子在莉娜的腰上无比服帖，和她的臀部线条正好吻合。它贴着莉娜的大腿曲线，裤脚分毫不差地落在她的脚面上。她向前走了两步，裤子似乎成了她的第二层皮肤，完美配合每一块肌肉的运动。卡门看得眼睛都直了，莉娜穿这条牛仔裤，与她刚才穿着那条乏味的 J. Crew 卡其裤的样子相比，区别简直令人惊叹。

“太性感了。”布丽吉特说。

莉娜又从镜子里瞥了自己一眼。她照镜子时的姿态一向有些尴尬，总是喜欢脖子往前伸。她龇了龇牙说：“我觉得这裤子太紧了。”

“你开玩笑吗？”蒂比吼了起来，“你穿着很漂亮，比你平时穿的那些傻乎乎的裤子好看一万倍。”

莉娜扭头问蒂比：“你这算是赞美吗？”

“真的，这条裤子就应该给你。”蒂比说，“它简直……让你变身了。”

莉娜拨弄着裤腰。她从来都不喜欢谈自己的外表。

“当然了，你一直都很美。”卡门接过话头，“不过蒂比说得对……你现在看起来……就是不一样了。”

莉娜脱下牛仔裤。“布布必须得试试。”

“我试？”

“是的，你试。”莉娜肯定地说。

“她太高了吧。”蒂比说。

“快试。”莉娜催促她。

“我的牛仔裤够多了，有九条呢，我真的不需要再多一条牛仔裤了。”布丽吉特说。

“你是不是不敢穿？”卡门开始挑衅，这样的激将法虽然傻了点，但对布丽吉特百试不爽。

布丽吉特从莉娜手中劈手夺过牛仔裤，脱下身上的深蓝色牛仔裤，把它踢到地板上，堆成一团，然后穿上卡门的牛仔裤。一开始，布丽吉特还故意把牛仔裤拉高，她想让朋友们看看这条裤子有多短。可是，她一放手，裤子就滑了下来，在髋部优雅地停住了。

“嘟——嘟——嘟——嘟。”卡门哼起了电视剧《阴阳魔界》的调子。

布丽吉特转过身，看了看自己的臀部。“怎么样？”

“你穿着一点也不短，完美。”莉娜答道。

蒂比扬起头，仔细地打量着布丽吉特。“你看起来……娇小多了，布布，不再像以往那么魁梧了。”

“她这是要把我们一个一个都损一遍。”莉娜笑着打趣说。

布丽吉特的个子很高，长腿大手宽肩。你很可能会以为她身材壮硕吧，可她却腰细臀窄，造物主真是神奇。

“蒂比说得对。”卡门说，“这条裤子比你平常穿的裤子都合身。”

布丽吉特转身，照了照镜中自己的屁股。“看起来真漂亮。”她赞叹道，“哇哦！我简直爱死这条裤子了。”

“你的小屁屁真性感。”卡门接着说。

蒂比笑了。“明明你才是性感的翘臀女王。”她的表情有些不怀好意，“嘿，我知道该怎么判断这条裤子是否真的有魔力。”

“怎么判断？”卡门问。

蒂比一边晃荡着脚，一边说：“你试一下不就行了。我知道这是你的裤子，但是我说啊，从理论上来说，这条裤子我们几个穿都合适，它不可能也适合你吧。”

卡门咬牙切齿。“你是不是在讽刺我屁股大？”

“哦，卡卡。我这是嫉妒呢，你知道的。我只是觉得这裤子你穿不进去。”蒂比的话也有几分道理。

布丽吉特和莉娜点头表示认同。

卡门突然有点担心了。这条裤子她的朋友们都能穿得服帖自然，她怕自己真的穿不上，甚至提不到大腿以上。其实卡门并不胖，但她继承了妈妈的大屁股——她妈妈是波多黎各人。事实上，卡门的臀部线条相当性感，而且她往往还引以为豪。但现在面对这条裤子和三个小屁股的闺蜜，她觉得屁股大可不是什么好事。

“不了。反正我也不想要这裤子。”卡门一口拒绝，她站起身来想转移话题。可六只眼睛仍然死盯着那条裤子。

“不，你得试。”布丽吉特说。

“卡门，快试试吧。”莉娜开始催促了。

看着朋友们脸上的期待，卡门知道今天躲不过了。“怕了你们了，可别指望我穿上也那么合身。我敢肯定我穿不上。”

“卡门，这可是你的裤子呢。”布丽吉特切中要害。

“是啊，聪明人，不过我以前从未试过。”卡门咬牙切齿地说出实情，免得她们再问。她脱下身上的黑喇叭裤，穿上牛仔裤。裤子并没有在大腿处卡住，卡门毫不费力就把它拉到了髋部。卡门扣好扣子。“怎么样？”她根本不敢照镜子。

没有人说话。

“到底怎样啊？”卡门被惹恼了，“你们倒是说句话呀！难道我穿就那么丑吗？”她鼓起勇气直视蒂比的目光，“怎么样？”

“我……我……”蒂比想说什么，说到一半却停了下来。

“天哪！”莉娜小声感叹。

卡门很沮丧，她把脸转过去。“我把这条裤子脱了，你们就当我没穿过好了。”说话的时候她的脸涨得通红。

布丽吉特开口了。“卡门，你完全误会了！看看你有多美！真是美艳不可方物，你简直可以做超模了。”

卡门叉着腰，一脸的不耐烦。“我才不相信。”

“真的不骗你，你去照照镜子。”莉娜也说话了，“这条裤子有神奇的魔力。”

卡门端详着镜中的自己，先远看，然后再走近了看，看了前面又看后面。

一直听着的 CD 突然放完了，可似乎谁都没有意识到。隐约中有电话铃声响起，可是没人去接。一直喧闹的大街刹那间安静了下来。

最后，卡门舒了一口气。“这是一条魔法牛仔裤。”

这是布丽吉特的主意。她们发现牛仔裤的这天正好是她们第一次在夏天分离的前夕，因此她们有必要去吉尔达俱乐部。蒂比负责带零食和摄影机，卡门负责带难听的二十世纪八十年代舞曲 CD，莉娜负责营造氛围，而布丽吉特则负责带大号发夹和那条魔法牛仔裤。跟父母交代她们去向的问题，还是用往常的解决办法——卡门告诉妈妈她晚上住莉娜家，莉娜告诉妈妈她晚上住蒂比家，蒂比告诉妈妈她住布丽吉特家，布丽吉特又要她弟弟转告爸爸她晚上住卡门家。布丽吉特总是在朋友家过夜，所以她弟弟佩里有时会懒得转告她爸爸，而且她爸爸也不会担心什么，但这个过场还是得走的。

她们晚上九点四十五分又在威斯康星大道的路口相聚了。俱乐部一片漆黑，这里当然已经关门了，这时发卡就派上用场了。当布丽吉特老练地用发卡撬锁时，姑娘们的心都悬到了嗓子眼儿。其实在过去的三年里，她们每年至少会这样做一次，但撬锁的刺激并没有减损分毫。值得庆幸的是，吉尔达俱乐部的安保措施一如既往的差劲。说到底，那里面有什么东西可偷的？臭烘烘的蓝色瑜伽垫？一箱生了锈、都不配套的哑铃？

锁发出“咔嗒”一声，她们扭动门把手，迅速窜到二楼，在黑漆漆的楼梯间里疯闹。莉娜铺好毯子，点上蜡烛。蒂比摆放晚餐——刚从冰箱里拿出不久的一管曲奇生面团[1]，还有加粉红色糖霜的草莓夹心果条、变了形的硬芝士泡芙、酸味橡皮糖和几瓶奥德瓦拉果汁。卡门开始放音乐了，第一首歌是老掉牙的宝拉·阿巴杜[2]的舞曲，实在是很难听。布丽吉特在落地镜前跳起了健身舞。

“莉娜，我猜这就是你妈妈当年待的地方吧。”布丽吉特一边说一边在地板上跳来跳去。

“真有意思。”莉娜答道。她们看过一张“著名”的合影照片，照片上她们四个人的妈妈穿着二十世纪八十年代的运动装，肚子挺得老高。莉娜的妈妈肚子最大，莉娜出生时的体重比布丽吉特和她的龙凤胎弟弟两个人加起来还要重。

“准备好了吗？”卡门把音乐调小，然后把牛仔裤郑重地放在毯子中间。

莉娜还在忙着点蜡烛。

“布布，过来。”卡门喊布丽吉特，因为她还在镜子前臭美。

布丽吉特停止了跳有氧操，四个姑娘聚在一起，卡门开始发言：“在各奔东西前的最后一夜——”她停顿了一会儿，想让朋友们领略一下她用词的精妙之处，“我们发现了魔法。”

---

1 美国超市贩售的面点生面团，可以在烤箱中烘焙，也可直接食用。

2 二十世纪八十年代成名的美国流行歌手、编舞。

她觉得脚心又麻又痒。“魔法的形式有很多种，但今晚我们发现的是一条有魔法的牛仔裤。我在此提议，我们四人共享这条牛仔裤，无论我们走到天涯海角，这条牛仔裤都要跟着去，让它成为我们分离时的联系纽带。”

“对，我们应该带牛仔裤远行，我们一起起誓吧。”布丽吉特激动地抓着莉娜和蒂比的手。布丽吉特和卡门对这种友谊仪式总是很来劲，相比之下，蒂比和莉娜倒有点置身事外的感觉。

“今晚我们结下牛仔裤的姐妹情谊。”四个姑娘围成一圈后，布丽吉特拖长了音调说道，“今晚，我们将我们的姐妹情谊寄托给这条牛仔裤。从此之后，无论我们走在哪里，都可以带着这份情谊。”

高大空旷的健身房里，烛光摇曳着。

莉娜表情庄重。蒂比似乎在竭力克制着什么，但卡门看不出来她到底是想笑还是想哭。

“我们应该立规则。”莉娜提出了一条建议，“就是穿这条裤子的规则——例如谁什么时候穿。”

大家都表示同意，于是布丽吉特从小办公间里偷了一张吉尔达俱乐部的便笺纸和一支笔。

姑娘们一边吃零食一边起草规则，而蒂比则在一旁摄像。卡门起了一个标题，叫《宣言》。她得意地说：“我感觉我们就像四个美国国父。”莉娜的字写得最漂亮，因此她们一致推举她来书写。

她们花了不少时间来起草规则。莉娜和卡门想重点强调关于友谊的规则，即要求姐妹们在夏天相互保持联络，她们需要确保牛仔裤能不断地在姐妹们之间传递。蒂比则针对穿牛仔裤的禁忌提了一些不着调的规则，例如穿牛仔裤时不能抠鼻屎。布丽吉特建议大家在重聚时根据暑假的经历在牛仔裤上题字留念。等到姑娘们一起商定了十条规则时，莉娜已写出了一张列表，上面的规则五花八门，有的很真诚，有的则傻乎乎的。不过卡门知道她们都会遵守。

接下来，她们开始讨论每个人应该把裤子保留多久再寄给下一个人，最后一致决定时间不限，等觉得时机到了就可以寄给下一个人。但为了确保裤子能不断在四个人之间传递，每人每次保留裤子的时间不得超过一个星期，除非万不得已。这意味着在暑假结束之前，这条牛仔裤也许能在她们之间传递两轮。

“莉娜应该是第一个。”布丽吉特一边说着，一边把两颗软糖打了个结，然后一口咬断，“希腊是个好地方，从那里开始很不错。”

“我可以是第二个吗？”蒂比问道，“我到时候肯定需要这条牛仔裤拯救我郁闷的心情。”莉娜深表同情，她点点头。

第三个是卡门，最后一个是布丽吉特。接下来，这条牛仔裤将以相反的顺序再次传递，这样才更有趣——从布丽吉特到卡门，再到蒂比，最后回到莉娜的手中。

她们不知不觉聊到了深夜，到了相聚的最后一天和分离的第一天之间的临界点。空气中弥漫着躁动的气息，卡门可以从朋友们的表情中看出，她们都感觉到了。这条牛仔裤似乎与夏日的无限可能性结合了起来。卡门打小就没能和爸爸在一起度过一整个夏天，这个夏天是破天荒的第一次。她可以想象自己和爸爸在一起，穿着这条牛仔裤尽情欢笑。

莉娜一本正经地把《宣言》放在牛仔裤上。布丽吉特要求大家安静一会儿，她说："向牛仔裤致敬。"

"向姐妹情谊致敬。"莉娜补充说。

卡门刹那间感到手臂上冒出了一大片鸡皮疙瘩。"向这一刻、向这个夏天以及我们有生的日子致敬。"

"向我们的相聚和分离致敬。"蒂比最后结束祝词。

我们四姐妹在此就牛仔裤穿着事宜制定如下规则：

1. 不许洗牛仔裤。

2. 不许卷起裤脚。这种穿法很没品位。我们绝不能容忍没有品位的穿法。

3. 穿牛仔裤时不许说"胖"这个字眼，也绝不许有"我很胖"的想法。

4. 不许让男孩脱掉这条牛仔裤（不过你可以在他面前自己脱）。

5. 穿牛仔裤时不许抠鼻屎。不过，如果鼻子真的痒，可以随意地挠一下鼻孔（实际上还是在抠鼻子）。

6. 重聚时，必须根据相关规定，记录你穿着牛仔裤度过的时光。在牛仔裤的左腿上，记录穿牛仔裤时去过的最刺激的地方；在牛仔裤的右腿上，记录穿牛仔裤时经历的最难忘的事。（例如，“我穿这条魔法牛仔裤勾搭了我的远房表亲伊万。”）

7. 整个夏天都要和姐妹们通信，不论你一个人玩得多么逍遥快活。

8. 必须依照姐妹们的约定把牛仔裤传递到下一个姐妹手中。如有违反，重聚时将会被重重地打屁股。

9. 不许把衬衫塞在牛仔裤里，也不许系皮带（参见第2条）。

10. 记住：牛仔裤等于爱。爱朋友，爱自己。

所谓今天，正是我们昨天所忧虑的明天。

——无名氏

2

蒂比大概十二岁的时候，发现自己的幸福可以靠她养的豚鼠“咪咪”的状态来衡量。蒂比的生活充实忙碌的时候，有着数不清的计划和目标，她急急忙忙地跑出房间，路过咪咪的窝时，会有些为咪咪伤心，因为自己的生活那么广阔精彩，咪咪却只能在木屑里躺着，什么也干不了。

可当她难过时，经过咪咪的窝只觉得自己好惨，她多希望自己是一只豚鼠，饮水器刚好对准嘴，喝水都不用动。她希望自己能懒洋洋地躺在温暖的木屑中，只用想着是在滚轮上跑两圈运动一下，还是继续睡大觉。不用决定什么，所以也不会失望。

咪咪是蒂比七岁那年养的。那时候，她认为咪咪是世界上最好听的名字。她把这个名字保留了近一年，直到遇见这只小豚鼠。小孩子一般都喜欢给毛绒玩具或想象中的朋友起自己最爱的名字，但蒂比舍不得。那时蒂比相信自己的品位。可到了后来，蒂比渐渐长大了，意识到自己的品位其实不怎么样。现在的蒂比认为，如果她爱“咪咪”这个名字，那就应该给豚鼠起别的名字，比如“弗雷德里克”。

蒂比把渥曼超市的绿色工作服夹在腋下，今天没有朋友听她发牢骚，也没有什么美好的事情可以期待。她心里只有赤裸裸的嫉妒。

没有人会让一只豚鼠上班，这是当然的。她想象咪咪穿微缩版工作服的样子。咪咪去工作的话肯定没有任何贡献。

厨房里传来哭号声，这时蒂比才想起房子里还有另外两个没贡献的家伙——她两岁的弟弟和一岁的妹妹。他们两个穿着臭烘烘的尿不湿，整天哭闹个没完，只会搞破坏。和午饭时分的家相比，渥曼超市简直就是天堂。

她把数码摄像机装进包，放在高高的架子上，为了防备弟弟尼奇又溜进她的房间。她用胶带把电脑开关和 CD 驱动器粘上，尼奇总是喜欢关她的电脑，还把光盘往光驱里乱塞。

“我上班去了。”她对临时保姆洛蕾塔打了个招呼，就径直下楼出门了。蒂比从来都不会用征询意见的方式提出她的计划，她可不希望洛蕾塔以为自己有权管她。

许多准高三的学生都有驾照，可蒂比只有自行车。才过了一个街区，她就发现腋下的工作服和钱包几乎要掉下来，她只好下车。其实这个问题有个合理的解决办法，那就是穿上工作服，把钱包放在工作服的口袋里。可蒂比还是把东西塞回腋下继续前行。

到了布里沙德路，钱包从腋下滑落，滚到了路面上。蒂比差点撞上一辆正在行驶的汽车。她又不得不停下来捡钱包。

蒂比飞快地环视四周，推定从这里到渥曼超市之间的四个街区内应该没有熟人。于是她把工作服从头套上，再把钱包塞进口袋，骑上车飞一般地往前冲。

“嗨，蒂比！”当她骑向停车场时，耳边响起了一个熟悉的声音。蒂比的心“咯噔”一下，恨不得找一堆木屑钻进去。“你好吗？”

那是塔克·罗。在蒂比看来，他是威斯特摩兰高中最帅的高三男生，这个夏天连他下巴上的一小簇胡子都长得那么有型。现在，塔克站在他的汽车旁，那是一辆二十世纪七十年代的“肌肉车”，蒂比看了简直心醉神迷。

但她没法抬眼看他，这身工作服让她感到浑身滚烫。蒂比低头锁上车，迅速逃入超市，但愿塔克以为自己看错了人。这个女孩穿着难看的化纤工作服，全靠衣服上省缝[1]的隆起才有点胸。她并不是蒂比，不过是一个低劣的克隆版本。

亲爱的布布：

我从工作服的衬里上剪了一小块布料寄给你。我就是想享受一下破坏衣服的快感，顺便让你看看双层化纤有多厚。

蒂比

---

1 省缝，服装工艺术语，为适合人体体型变化，将衣料某些部位缝去，使衣物表面呈凹凸的立体状。

“布丽吉特·维兰德？”训练营主管康妮·布洛沃德正在点名。

布丽吉特已经站起来了。她老是坐不住，脚总是动个不停。“到！”她喊道，她的肩膀上一边是旅行袋，另一边是双肩包。和煦的海风从巴伊亚康塞普西翁海湾吹过来，在营地中心大楼就可以真真切切地看见绿松石色的海湾。布丽吉特不禁心潮澎湃。

“四号房，跟雪莉走。”康妮命令道。

布丽吉特觉得很多人都在盯着她，但她并没有多想。她已经习惯了这种目光。布丽吉特知道自己有一头非同一般的秀发。她的头发又长又直，颜色像剥了皮的香蕉。这样的头发总会让人惊羡不已。此外，她还有高挑的身材，长相也不错——她的鼻子很挺，五官长得恰到好处。所有的这一切让人们误以为她很漂亮。

布丽吉特不漂亮，起码比不上莉娜。她的脸缺少那种诗情画意的独特气质。她很有自知之明，她知道别人惊艳完了她的头发后，很可能就会意识到这一点。

“嗨，我叫布丽吉特。”她一边和雪莉打招呼，一边把行李扔在雪莉指给她的床上。

“欢迎！”雪莉问她，“你从哪里来？”

“华盛顿。”布丽吉特答道。

“那可真远。”

那是当然。布丽吉特四点钟就得起来赶六点钟飞往洛杉矶的飞机，然后又从洛杉矶坐两个小时的飞机到洛雷托——下加州半岛东海岸、科斯特海边上的一个小镇。到了那里之后，还得坐一段时间的面包车。坐车的路程刚好足够她睡一觉，她在车上沉沉睡去，醒来后还迷迷糊糊的。

雪莉去迎接下一位营员了。这间房有十四张简易的铁架上下铺，每个床位上只有一张薄薄的床垫。屋子内部根本没有装修完，天花板和墙壁都是对不齐的松木板。布丽吉特走出房间，那里有一处小得可怜的门廊。

房间里面虽然乏善可陈，可外面的风景却美不胜收。营地对面是一大片白沙滩，中间点缀着几棵棕榈树。海水蓝得如梦似幻，那种蓝就像旅游宣传册上修饰过的颜色。海湾对面是横跨康塞普西翁半岛的山脉，它们绵延不绝，如高耸的屏障。

营地大楼背后是陡峭的小山包。令人称奇的是，竟有人在海滩和光秃秃的小山包之间开凿出两块标准尺寸的足球场，经过灌溉，它变成了平整而迷人的绿茵场。

“嗨，嗨。”布丽吉特向两位往房间拉行李的姑娘挥手。她们的腿都是小麦色的，肌肉发达，一看就是足球运动员。

布丽吉特跟着她们进了房间。几乎所有的床都有主了。“你们想不想去游泳？”布丽吉特问道。她不怕陌生人，相较于熟人而言，她往往更喜欢陌生人。

“我得收拾行李。”一个姑娘搭话了。

“我想我们马上要吃晚饭了。”另一个姑娘答道。

“好吧。”布丽吉特无所谓，“我叫布丽吉特，待会儿见。”她对身后的人说。

布丽吉特在外面的淋浴间换上泳装，一个人去了沙滩。这里的空气温度感觉和她的体温一模一样，水面上倒映着落日的余晖。落日的光影在她的肩上一点一点移动，直至消失在山后。她跃入水中，在水下待了很久。

“我喜欢这里。”布丽吉特这样想道。莉娜和魔法牛仔裤的影子在她的脑海中一闪而过，她迫不及待地想拿到那条裤子，她渴望穿着它，活出属于自己的夏日故事。

过了一会儿，她去吃晚饭，餐厅的陈设让她惊奇不已——长长的餐桌居然摆在餐厅侧面一处简陋的木头露台上，没有挤在低矮的天花板下。一枝三角梅从屋顶上垂下来，洋红色的花累累满枝，爬满了横梁。这里外面的景色太美，布丽吉特根本没法在室内再多待一分钟。

今晚，布丽吉特和四号房的室友坐在一起。这里一共有六间房，她飞快地心算了一下，这等于说一共有八十四个姑娘。她们都是专业级的运动员，不然也不会来这里。也许以后她会认识这些女孩子，甚至还可能会喜欢上她们，但今晚还是很难分清所有人。不过，布丽吉特还是很肯定那个有着一头披肩黑发的女孩叫艾米丽。那个坐在她对面，留着金色齐耳鬈发的女孩叫奥莉维亚，小名叫奥莉。在奥莉身边的则是一位美籍非裔女孩，她有一头长发，快到腰了，她叫戴安娜。

海鲜玉米卷旁堆满了米饭和豆子，再旁边是柠檬水，喝起来就像是用速溶粉冲的。康妮站在简易讲台前，大谈她以前在美国国家队参加奥运会的经历，餐桌旁还坐了许多教练和指导员。

回到房间后，布丽吉特溜进睡袋。屋顶上两块木板的缝隙里，一缕月光泻下来。她凝视着月光，突然意识到：她在下加州。在这里，她可以拥有整片星空，为什么只满足于这一丝的月光呢？于是，她跳下床来，把睡袋和枕头都塞到腋下。

“有没有人陪我去沙滩上睡觉？”她问室友。

没有人回答，过了一会儿，七嘴八舌的议论声响了起来。

“我们可以去吗？”艾米丽提问了。

“没有人说不可以。”布丽吉特回答道。无论有没有人陪她，她都不会改变计划，不过有人陪着毕竟还是很好的，现在有另外两个姑娘愿意陪她——戴安娜和乔。

她们把睡袋放在宽阔海滩的最边上。谁知道涨潮的时候海水能有多高呢？海浪轻轻拍打着海岸，发出温柔的呢喃。头顶上星光满天，璀璨夺目。

布丽吉特满心欢喜，她兴奋得不能入眠。面对着头顶上的满天繁星，她听见自己惊叹的声音：“我爱死这里了。”

乔一边钻入睡袋深处，一边感叹：“太惊艳了。”

她们三个人就这样凝视着星空，震惊得久久说不出话来。

戴安娜用手肘托着头说：“我都快睡不着了。这让人……忘却了自己的存在，你知道吗？就是那种渺小的感觉，你的思绪会飞出去，然后不停地飘啊飘。”

布丽吉特笑起来，她很欣赏戴安娜的话。就在这一刻，戴安娜让她想起了卡门的优点——卡门也是这样充满了哲学的智慧，喜欢神神叨叨地说个没完。“老实说吧，”布丽吉特说，“我从来没有过这种想法。”

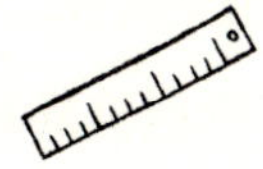

飞机真干净。卡门喜欢这样。她喜欢飞机上干净、有序的味道，喜欢她的零食篮里有很多很多小包装。

她也喜欢零食，例如小苹果。苹果的形状、大小和颜色正好都是她喜欢的，虽然整齐划一看起来不大真实，却让人看了安心。她把苹果塞入背包，准备留着以后吃。

卡门从未去过爸爸的家——一直都是爸爸过来看她的。但她可以想象他家的模样。爸爸虽然不是个懒人，但他也不可能有第二条 X 染色体[1]。他家不会有窗帘，不会有床罩，冰箱里也不可能有苏打粉。地板上可能会有一些灰，但也许不会在房间正中央，有灰的地方很可能在沙发旁边。（他家应该有沙发吧，不是吗？）卡门希望她能睡在全棉床单上。不过她太了解她爸爸了，他家的床单可能是化纤的。卡门受不了化纤床单，她就是无法忍受。

也许，在他们去打网球或是看吴宇森电影的周六午后，她可以拉着爸爸一起去 BBB 家居超市买全套的毛巾和像样的茶壶。爸爸可能会有怨言，但她却会觉得有趣，爸爸也许最后会感谢她。也许临到暑假结束时爸爸还会舍不得她走，甚至会打听当地的高中，还会郑重其事地问她能不能留在南卡

1 女性的性染色体为 XX，男性的性染色体为 XY。

罗莱纳州和他一起住。

卡门发现手臂上起了一些鸡皮疙瘩，上面细细的黑色汗毛都竖起来了。

自圣诞节后她就没见过爸爸了。圣诞节一直是他们团聚的日子。她七岁那年父母离婚后，爸爸每年都来看她。他住在友谊高地酒店的大使套房，一待就是四天，每天都会带她出去玩。他们一起看电影、划船，把姑姑们送给她的搞笑礼物拿去退货。

有时爸爸也会在其他的时候来看她，也许一年会来三四天，因为他有时会到华盛顿出差。卡门知道爸爸总会想方设法到华盛顿这边来出差。他们会一起去餐厅吃晚餐，爸爸总要卡门选地方，但她总会选爸爸喜欢的餐厅。爸爸看菜单的时候，卡门的目光总是停留在爸爸的脸上，甚至爸爸吃第一口菜时，她也会仔细看着。她几乎都不知道自己吃到嘴里的食物是什么味道。

飞机下面似乎发出了摩擦声，可能是发动机脱落，也可能是飞机的机轮伸出来准备降落。天上的云层很厚，卡门看不清离地面还有多远。她把前额靠在冰凉的舷窗上，眯着眼，满心希望云层能散开一些。她想看大海，她想知道北方在何处，她想在飞机着陆前鸟瞰地面的无限风光。

“请收起小桌板，固定好。”空姐对卡门身边一个坐在靠走道座椅里的男人说，然后她凑到卡门跟前，把小吃篮中剩下的零食全部撤下。卡门身边的男人是个胖子，头顶几乎全秃，他的人造革公文包总是撞到卡门的小腿。

每次坐飞机，布丽吉特身边总会坐着英俊帅气的大学男生，他们在飞机着陆前也总会找布丽吉特要电话号码。可卡门就没这么好的桃花运了，她总坐在中间的位置上，而且两边都是手指肥厚、戴毕业戒指、手拿销售报告的中年油腻男。

“空中乘务员请做好准备。”公共广播里传来机长的声音。卡门感到一股热流从小腹升起，她太兴奋了。她放下跷起的二郎腿，把两只脚都放在地上。卡门在胸口划了一个十字，她妈妈在飞机起飞和着陆时总会这样做。她觉得自己这样做太装了，但真的有必要打破这种迷信吗？

蒂比：

尽管你不在这里，我还是觉得我们在一起。我爱死了这次旅行，但我知道你一个人待在家里不开心，真对不起。一想到此，我就开心不起来。没有你们这些朋友，我总觉得不对劲。你不在身边，我都变得有点像你了——不过还是没有你那么好。

千千万万个亲吻和拥抱，卡卡

你可以逼自己去爱吗？你可以让自己被爱吗？

——莉娜 · 卡利加瑞

3

首先跃入眼帘的是前门，它被刷成那种溏心鸡蛋黄的黄色，非常扎眼。门的四周是房子正面的墙，它被刷上了最明亮的蓝色。有谁会想到世间居然会有这样的蓝？莉娜抬起头，午后的天空澄澈明净，太美了。

在贝塞斯达，房子是不能涂得这么艳丽的，不然别人会以为你是瘾君子。邻居还会起诉你，他们晚上会拿着喷漆器偷偷地把你家的房子涂成米色。在这里，到处都是这种张扬的颜色，与白墙相映成趣。

“莉娜，快走啦！”艾菲抱怨道，她不耐烦地把莉娜的行李箱往前踢。

“欢迎回家，姑娘们！”奶奶拍手欢迎她们。爷爷把钥匙插入锁孔，金色的房门随之打开。

由于时差的关系，再加上眼前晃动着强烈的光线和陌生的老人，莉娜感觉自己像是产生了幻觉——当然，这只是假想。她可从未嗑过药，只有一次在花园中餐馆里吃了不新鲜的虾，算是产生了幻觉。

莉娜精神恍惚，而艾菲没睡足觉就会乱发脾气。莉娜一向靠着妹妹话多，把她的份也说了。可艾菲现在心情烦躁，不想说话。因此，在从小小的海岛机场回家的那段路上，几乎没有人说话。奶奶开着老式的菲亚特来接她们，一路上她时不时地从前座回过头说："看看你们这两个姑娘！哦，莉娜，你真美！"

莉娜真心希望奶奶不要这样说，她听了这话很烦，而且艾菲本来就心情不好，你让她怎么想？

奶奶开了一家专门接待游客的餐厅，她经营了多年，所以英语一直很好，但爷爷的英语似乎就不怎么样了。莉娜知道奶奶不仅是餐厅的招待，也是餐厅的招牌，人们喜欢她，她热情四射，总能让所有人都如沐春风。而爷爷一般都待在厨房，他负责做饭和运营等后台工作。

莉娜不会讲希腊语，对此她很惭愧。爸爸妈妈说，她孩提时代的第一语言是希腊语，后来上学就慢慢丢光了。所以父母也不要求艾菲学希腊语了。希腊语的字母表和英语的截然不同，真是要命。现在莉娜希望自己能说希腊语，就像她一直希望自己能长高一点，能有一副像莎拉·麦克拉克兰[1]那样的天籁嗓音。她只是希望而已，并没指望梦想成真。

"奶奶，我喜欢您家的门。"莉娜一进门就拍起了马屁。

---

1 加拿大歌手。

屋子里比外面暗太多，莉娜刚一进门满眼都是旋转的光圈，感觉自己快要晕过去了。

“我们到家了！”奶奶大声说着，又拍了一次手。

爷爷走在后面，他将两个旅行袋背在一边的肩上，将艾菲的荧光绿色绒毛背包背在另一边。他这样子挺可爱，但也显得有些惨。

奶奶张开双臂紧紧地抱住莉娜。莉娜装作很开心的样子，其实她有点不知所措，不知道该怎么回应。

莉娜的眼睛终于缓过来，房子慢慢变得清晰了。它比莉娜想象的要大，地面上铺了瓷砖和漂亮的地毯。

“跟我来，姑娘们。”奶奶吩咐她们，“跟我去看你们的房间，然后我们喝点可口的饮料，好吗？”

两个神情恍惚的姑娘跟着奶奶上了楼。楼梯口很窄，但这一层楼有两间卧室、一间浴室，还有一条小小的走道，可以通向另外两间房。

奶奶打开第一扇房门，说：“这一间是给漂亮的莉娜准备的。”她的言语中颇有些自豪。房间的陈设平淡无奇，莉娜本没抱什么期望，可奶奶打开重重的木质百叶窗时，一切都改变了。

“我的天！”莉娜发出了一声惊叹。

奶奶指着窗外，介绍道：“卡尔代拉，也就是英语里的火山。”

“太美了！”莉娜一脸的敬畏，不禁又惊叹了起来。

尽管莉娜还是和奶奶不太亲密，但她一下子就爱上了这座火山。海水的颜色比天空略暗，海风拂过之处，水光潋滟。狭长的海岛呈半月形，环抱着一汪海水。水中央还冒出了一座迷你小岛。

“伊亚是希腊最迷人的小镇。”奶奶这样说道，莉娜深以为然。

莉娜俯瞰着一大片白色的房子，它们和奶奶的房子差不多，都是临水而建，依在悬崖峭壁之上。这时，她才意识到这里是多么的险峻，将家安在这里真是太不可思议了。毕竟圣托里尼是个火山岛。听家人说，这里不仅发生过历史上最严重的一次火山爆发，而且还经历过无数次海啸和地震。岛屿的中心已经陷到海里去了，现在只剩下这片狭长脆弱的半月形火山群岛，还有一些灰黑相间的火山沙。如今的火山看起来很平静，别有一番风情，但真正的圣托里尼人会告诉你，火山随时都可能爆发。

莉娜从小就生活在地势平坦、绿草如茵的郊区，对于那儿的居民而言，蚊子或塞车远比自然灾害可怕。但莉娜一直知道，她的根在这里。此时此刻，面对窗外湛蓝的海水，内心深处某种来自祖先的记忆开始翻滚沸腾，莉娜找到了回家的感觉。

“我叫邓肯·豪，是你们的助理总经理。”他伸出长满雀斑的粗手指指着自己的塑料工牌，“现在你们已经熟悉了店里的情况，在此，我代表渥曼超市向新员工致以热烈的欢迎！”他说话的姿态不可一世，好像在向几百个人发言，而不是面前这两个嚼着口香糖、一脸不耐烦的姑娘。

蒂比想象着一线口水从自己的嘴角流出来，慢慢往下掉，落在斑驳的油毡地板上。

邓肯看了一下便笺板，喊道：“泰——比。”他把“泰”字拖得老长。

“蒂比。”蒂比纠正他。

“你去‘个人卫生用品’货架摆放商品，就是二号走道那边。”

“我不是销售人员吗？”蒂比有些不满。

“布丽安娜。”他对蒂比的话充耳不闻，继续发号施令，“你负责四号收银台。”

蒂比嫉妒地皱起了眉头。布丽安娜可以在没有人的收银台狂嚼口香糖了，因为她烫着爆炸头，胸大得很，工作服省缝的凸起根本容不下她的胸。

“现在戴上耳机开工了。”邓肯煞有介事地指挥她。

蒂比拼命忍住笑，结果还是干笑了几声。她只好用手掩住嘴，邓肯似乎没有发现。

今天她还是很幸运的：她找到了她的男主角。在立下牛仔裤之约的第二天早上，蒂比就决定将她暑假的种种不快拍成一部电影——一部“纪烂片”，把所有尴尬、无聊的时刻集合起来。邓肯刚刚赢得了男主的角色。

蒂比匆匆戴上耳机，急急忙忙地赶到二号走道，免得被炒。被炒固然很爽，但从另外一方面来讲，她需要赚钱买车。她既不会打字又不擅处理人际关系，而且还穿了鼻环。根据她的经验，像她这样的女孩工作机会的确不多。

蒂比回到库房，那里有个指甲超长的女人，她使了个眼色，叫蒂比去搬一只硕大的纸箱。“把这些东西放到除臭剂和止汗露那边。”她一脸不耐烦地指手画脚。蒂比的眼光没法从她的指甲上移开。她的指甲长得都弯了，活像十把镰刀，简直和《吉尼斯世界纪录大全》中那个印度人的指甲有得一拼。它们看起来太怪异了，蒂比觉得人死了在地里埋了几年之后的指甲应该就是这样子。留这么长的指甲，她可以拿纸箱吗？蒂比深表怀疑。她该如何打电话？又该如何操作收银机？她能洗头吗？她的指甲这么极品，怎么还没被炒了？留这样的指甲可以申请残疾证吗？蒂比不由得看了看被自己啃得光秃秃的指甲。

“该怎么摆呢？”蒂比问。

“就是摆个造型喽。”那个女人答道，好像这事白痴都知道该怎么做，“箱子上有说明。”

蒂比搬起纸箱向二号走道走去，她很想在她的纪录片里拍这个女人的指甲。

“你的耳机戴歪了。”那个女人提醒她。

打开纸箱的时候，蒂比的心猛然一沉——里面至少有两百个滚珠止汗露，还有一个构造复杂的纸板装置。她看着说明书上一大堆的箭头和图表，除非你有工程学学位，否则根本搞不定。

蒂比从八号走道那里拿了一点透明胶带，一边嚼口香糖一边干活，最后好不容易把滚珠止汗露搭成了一座金字塔。她还用纸板折了一个狮身人面像的头，把它放在金字塔上面。止汗露和古埃及有关系吗？天知道！

“蒂比！”邓肯不可一世地走过来。

蒂比正在仰视壮观的止汗露金字塔。

“我呼了你四次了！你现在得去三号收银台！”

蒂比刚才忘了打开耳机。邓肯教她如何使用耳机时，她心不在焉，只在心底一个劲地暗暗讥笑他指手画脚的样子。

她在收银台待了一个小时，只有一个一脸青春痘的十三岁小孩买了两节AAA电池。然后，她就该下班了。

蒂比脱下工作服，把耳机上交，大摇大摆地向大门走去。可到了防盗门时，报警器却狂叫起来。邓肯一下就跳到蒂比这边，对于他这种胖子中的胖子，这简直就是闪电速度。“对不起，蒂比，能跟我走一趟吗？”

蒂比看着他的脸就知道他想什么：我们就不该雇佣穿鼻环的女孩。

邓肯要求检查她口袋里的东西，可蒂比根本没口袋。

“你的工作服呢？”他步步紧逼。

“哦。”蒂比拿出夹在腋下皱巴巴的工作服，从口袋中拿出钱包……还有一卷用过了的透明胶带。“哦，这个啊。”蒂比说道，“我想起来了，我用这个是为了……”

邓肯一脸冷笑，仿佛在说“这种理由我听过千万遍了”，他开口了：“听着，蒂比。我们渥曼的政策是‘事不过二’，所以这次可以不予追究。但你要给我记住，你已经失去了员工福利，也就是买渥曼的所有商品不再享有八五折的折扣。”

邓肯絮絮叨叨地说他要把透明胶带的钱从蒂比第一天的工资中扣除。说完之后，他离开了一会儿，拿了一个透明塑料袋过来。“从现在开始，你能不能把你的私人物品放在这个包里面？”他问道。

亲爱的卡门：

如果你有素未谋面的血亲，你会不会在脑海中美化他们呢？我想会的吧。就像有些被领养的孩子总以为自己的父亲是教授，母亲是模特一样。

我以前也美化过我的爷爷奶奶。父母总说我和奶奶一样漂亮，所以这么多年以来，我一直以为奶奶肯定是个超级大美女，就像辛迪·克劳馥一样。可奶奶不是辛迪·克劳馥，她很老。她的头发烫得很丑，还穿着老气横秋的丝绒运动服。她的脚趾甲又黄又硬，再配上粉红色的平跟凉鞋，她就是很普通，你懂吗？

爷爷是我们卡利加瑞家族的传奇商人。我以前总以为他至少有一米九，可他没有。他是个矮子，可能就和我差不多高。他总穿厚厚的棕色裤子，还是双层面料的，即使热得要命也照穿不误。他穿的白衬衣衣领那里还有拉链，鞋子是奶油色的人造革鞋。而且身上老有一股霉味，还有一脸老人斑。他不怎么说话。

我觉得我应该一下子就喜欢他们。可是，你做得到吗？你不可能强迫自己去喜欢一个人吧，不是吗？

我把牛仔裤保存得很好，我想你了。我知道你不会武断地认为我很无情，因为你总是把我想得太好。

爱你的莉娜

众口难调，你不可能让家里的每一个人都满意。

——杰瑞·宋飞

4

日落美得让人心醉。莉娜几乎要惊慌失措，因为她无法留住这样的美景。调色板上的颜料通常可以给她带来灵感，可今天它们单调得让人心生绝望。落日的余晖为眼前景色添了一层美丽的光晕，可手中的颜料却暗淡无光。莉娜只得把调色板和精心准备的画板搁在衣柜上，免得看了徒增无奈。

她坐在窗边，看着如血的夕阳一点一点地坠入火山口。即使她不能拥有这份美丽，至少她还可以欣赏。为什么她总是在美景当前时觉得自己该做点什么呢？

她听到楼下正在准备盛宴，喧嚣声此起彼伏。奶奶和爷爷为了给她们接风，请了许多邻居过来吃饭。他们两年前已经把餐馆卖了，但他们对食物的热爱却丝毫不减，至少莉娜是这么想的。辛辣、浓郁的香气一阵又一阵地飘到楼上，钻入莉娜的房间，它们混在一起，令人未见菜色便已垂涎欲滴。

“莉娜！菜马上就好！”奶奶的声音从厨房里传来，“你快点打扮好下楼！”

莉娜心不在焉地把行李箱和旅行袋扔到床上，好接着看窗外的落日。她不怎么喜欢打扮，穿衣服只讲究舒适实用。“古板、无趣、乏味”，这就是朋友们给她的评语。莉娜不想吸引他人的目光，也不想别人通过长相认识她。自小时候她就一直是众人目光的焦点，她已经受够了。

今晚，莉娜有些蠢蠢欲动。她在一堆衣物中找了好半天才找到那条牛仔裤，它拿在手里沉甸甸的，虽然只是心理作用。莉娜小心翼翼地展开裤子，她屏住呼吸，对着空气许下无数个心愿。这条牛仔裤的历史从此展开，从这一刻开始，它将成为云游四海的牛仔裤。她郑重其事地套上裤子，脑海中顿时浮现出自己在种种重大场合穿着这条牛仔裤的画面。可不知为什么，她老想象着艾菲穿这条裤子的样子，挥之不去。

莉娜随便蹬上一双破旧的棕色乐福鞋，便直接下楼了。

“我做了一个肉丸。”艾菲在厨房里得意地说。

“我们这里管肉丸叫‘可佛特德斯（Keftedes）’。”奶奶回过头来，也是一脸的得意，“艾菲绝对是我们卡利加瑞家族的。她喜欢做菜，还喜欢吃！”她搂住艾菲，不知道有多自豪。

莉娜笑着走进厨房，她一个劲地称赞菜肴，问长问短。

莉娜和艾菲的龟兔赛跑已经开始了。人们初见姐妹俩时，莉娜总是抢尽了艾菲的风头，因为她长得漂亮。但过了几小时或几天后，他们就总会被热情活泼的艾菲所深深吸引。莉娜觉得艾菲本来就应该受人欢迎。莉娜性格内向，她知道自己不善与人沟通。她老觉得自己的美貌是个虚幻的诱饵，就像是建了一座桥，可她却很少为谁走到桥对面。

奶奶看了看莉娜的打扮。“你就打算穿成这样参加我们的派对吗？”

“差不多就是这样了。应该穿得更漂亮些吗？”莉娜问道。

“嗯……”奶奶的表情并不怎么严厉，她没有指责的意思。她的神情倒很有几分狡黠，好像隐藏着什么秘密却希望你去打探似的。“这不是什么隆重的晚宴，但是……”

“我也应该换衣服吗？”艾菲问奶奶。她的衬衫沾满了面包屑。

奶奶心里藏不住话，在这方面她和艾菲有得一拼。奶奶神神秘秘地望着莉娜，说：“这么说吧，有一个男孩，他就像我和爷爷的亲孙子。他人很好……”她眨了一下眼睛。

莉娜试图把脸上高兴的表情锁定，假装开心。奶奶怎么能这样呢？她刚刚到这里不到六个小时，奶奶怎么能立马给她介绍男生呢？莉娜讨厌被人撮合。

艾菲站在一边深表同情。

“他叫卡斯托斯。”奶奶仍然自顾自地说下去，“他的爷爷奶奶是我们的好友和好邻居。”

莉娜看着奶奶的脸，她强烈地怀疑奶奶早就有预谋，她觉得奶奶策划这事肯定已有些时日了。她知道希腊这边的父母仍然喜欢给孩子们做媒，尤其是在岛区，可这真要命！

艾菲生硬地笑起来。“奶奶，你来真的？男孩子们都喜欢莉娜，可莉娜的眼光高着呢。”

莉娜的眉毛一挑。“艾菲，别说了！”

艾菲耸耸肩，样子很可爱。“这是事实。”

“但莉娜还没见过卡斯托斯呢。”奶奶很自信，“每个人都会喜欢卡斯托斯。”

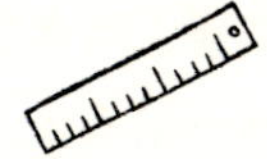

“宝贝！”

爸爸站在四十二号门那边的树脂玻璃墙后，对着她张开双臂。卡门狂奔过去，心飞得比脚还快。她觉得此情此景像极了烂片里的画面，但她就是喜欢。

“嗨，爸爸！”她欢呼着扑进爸爸的怀里。她很享受这个词，虽然大多数孩子经常会用到这个词，而且都习以为常了。但对卡门来说，她一年中有大半的时间都用不到这个词，只能把它埋在心底。

爸爸紧紧抱住卡门，拥抱的时间刚刚好。终于，他松开手，卡门抬头看着爸爸，她喜欢爸爸高大的身材。爸爸接过卡门的单肩包，抡起来搭在肩上，尽管包很轻。卡门开心地笑了，爸爸背着她的绿松石色亮片单肩包显得有些滑稽。

“嗨，乖女儿！”爸爸很高兴，他的另一只手搂着卡门的肩，“在飞机上还好吧？”他一边问，一边领着卡门去行李领取处。

“非常好。”她答道。爸爸搂着她的肩一起走，他们的步伐没法一致，卡门总觉得挺别扭的。但她太喜欢跟爸爸在一起的这种感觉了，所以一点也不介意。就让每天都能见到爸爸的女孩子们去抱怨吧，她每年见爸爸的次数少得可怜。

“你变漂亮了，宝贝。”爸爸轻快地说道，“我觉得你是长高了。”他把手放在她的头顶。

“是的。”卡门颇为自豪，一想到自己继承了爸爸的高个子，她就很开心。“我超过一米七了，差不多快一米七四。”

“哇！”爸爸很吃惊，他有将近一米九。“长得真快！你妈妈好吗？”

每次见面不到五分钟，爸爸总是照例会问到这个问题。

“她很好。”卡门总是这样回答，她知道爸爸并不想知道更多。这么多年以来，卡门的母亲总是很热切地想知道她父亲的近况，但父亲问到母亲却仅仅是出于礼节而已。

一丝内疚悄无声息地涌上心头，卡门快乐不起来了。她快一米七四了，可妈妈连一米五都没有。爸爸叫她“宝贝”，说她长漂亮了，但他对妈妈已再无感情可言。

“你的朋友们好吗？” 他们一起走上自动扶梯时，爸爸问她。他的手臂仍然搭在她肩上。

他知道卡门以及蒂比、莉娜和布丽吉特的近况。只要卡门和他讲朋友们的生活，他都会记得，连细节都记得一清二楚。

“今年的夏天有点怪。”卡门答道，“这是我们分离的第一个夏天。莉娜去了希腊的奶奶家，布丽吉特参加了下加州的足球训练营，蒂比一个人待在家里。”

“而你整个夏天都会在我这里。”爸爸说着，眼神中有一丝几乎察觉不到的疑问。

“我很高兴我来这里了。”她的回答清楚而响亮，“我都快等不及了。只是感觉‘怪’而已，你知道吗？我的意思是，这种‘怪’不是坏事，它是好事。我们能扩大眼界终归是好事。

你了解我们几个的。”她突然意识到自己太啰唆。她只是不希望爸爸心存疑虑。

爸爸指着传送带，上面的行李正围成一圈不停地转着。“我猜这应该是你坐的那趟航班的行李吧。”

她回忆起了她和爸爸在华盛顿的时光，爸爸有时会抓住她的手，把她拎到传送带上坐着玩。后来保安冲他们嚷了起来，爸爸就把她拉下来。

“我的行李箱是黑色的，很大，下面有轮子。看起来和别人的没什么两样。”她说。真奇怪，爸爸以前居然从未见过她的行李箱，可她却从未见过不带行李箱的爸爸。

“就是这个！”她突然叫起来。爸爸一个箭步冲上去把行李箱从传送带上拿了下来，好像这是他毕生唯一的目标似的。在这一刻，单肩包上的绿松石色亮片闪烁着耀眼的光。

爸爸拎着硕大的行李箱，他没有把它放在地上拖。“好了，我们走！”他指了指停车场的方向。

“你现在还开那辆萨博吗？”卡门问爸爸。汽车是他俩的共同爱好之一。

“不，今年春天我把它换成了一辆旅行车。”

“真的吗？”她有点不太明白，“你喜欢那辆新车吗？”

“只是为了工作需要。”他一边说，一边把卡门带到车前。这是一辆米黄色的沃尔沃，以前的萨博车是红色的。“上车吧。”爸爸帮她打开车门，看着她拿着单肩包坐下才去后面放行李箱。爸爸怎么变得这么体贴？他从哪里学来的？为什么男人的这些礼仪都不是从父母那里学来的呢？

“你的成绩怎么样？”爸爸把车开出停车场时问卡门。

“好极了。”她回答道。她早就盼着向爸爸报喜了。“我的数学、生物、英语和法语都得了 A，只有世界历史得的是 A-。”妈妈总觉得她把学习看得太重，但对爸爸来说，分数可是命根子。

“乖女儿，你太棒了。高二是很重要的一年。”

卡门知道爸爸希望她去读威廉姆斯学院——那是他的母校，他知道卡门也想读这所学校。虽然他们都没有说出来，但彼此心意相通。

“你的网球打得怎么样？”爸爸问道。

卡门的大多数朋友都讨厌他们的爸爸问长问短，但卡门却很喜欢。“布丽吉特和我第一次打双打，我们只输了一局。”

她没有告诉爸爸她的陶艺只得了 F（成绩单上没有列出这一项），她也没有告诉爸爸她暗恋了一整年的男孩只请莉娜跳舞，更没有告诉爸爸她在复活节把妈妈气哭了。她对爸爸是典型的报喜不报忧。

“我订了星期六的网球场，我们可以去打球。”爸爸说完就开始加速上高速公路。

卡门打量着四周的环境。路边有汽车旅馆和商业开发区，差不多每个机场附近都是这样，但这里的空气更湿重一些，有种咸咸的味道。她又盯着爸爸的脸。夏天才开始，他就已经晒成了小麦色，眼睛的蓝色更显明亮。卡门一直都希望自己能有爸爸的蓝眼睛，可她却偏偏继承了妈妈的棕色眼睛。爸爸的头发似乎刚刚剪过，他穿着挺括的衬衫，袖口略微挽起，恰到好处。她猜爸爸可能是升职了，或者是交上了什么好运。

“我好想看看你的家，都快等不及了。”她说。

“哦。”他心不在焉地应了一声，只是紧盯着后视镜准备变换车道。

“我居然从来没有去过你的家，这真是太不可思议了，不是吗？”

他一门心思地开车。“你知道，宝贝，在这之前，我并不是不想请你去我家。我只是想有个像样的家之后再带你来。”爸爸看着卡门，眼中有一丝内疚。

其实卡门并不想让爸爸难堪。“爸爸，我不在乎你的家漂不漂亮，别担心那个。我们在一起会很开心的，谁管你的家是什么样的。”

爸爸驶下高速公路。“我的生活疲于奔命，所以不想带你来。我总是忙于工作，住的地方只有一间卧室，每顿饭都得在外面解决。”

她急不可耐地接过话头。“可我就是等不及了。我喜欢在外面吃。我讨厌一本正经的家。”这是她的真心话，这个夏天将属于卡门和阿尔伯特。

爸爸没有再说话，车开在郊区的林荫道上，路边时不时地可以看到维多利亚风格的洋楼。雨花在挡风玻璃上一朵一朵溅开。天色突然暗了下来，感觉夜幕似乎已经降临。爸爸开始减速，车在一栋奶油色的维多利亚风格洋楼前停住了，映入眼帘的是灰绿色的百叶窗和转角门廊。

“这是哪里？”卡门问。

爸爸熄火后对她说。“这是我的家。”他的眼神有些迷离，令人琢磨不透。他好像并没有准备给她惊喜的意思。

“这栋房子？就是这一栋？我以为你住在市区的公寓里。”

“我搬家了，上个月刚搬的。”

“真的吗？你怎么没在电话里跟我提过？”

“因为……这事太大了，亲爱的。我得当面跟你说。”爸爸解释道。

卡门不知道这事到底有多大，她扭转身子望着爸爸。“那你现在要告诉我吗？”她一遇到惊喜就总是这副猴急的样子。

“我们进屋谈好吗？”

爸爸不等她开口就跳下车，然后急匆匆地奔到卡门这边。他没有拿行李箱，因为他得举着外套帮卡门遮雨。房屋前有一道石阶，他们一起拾级而上。

爸爸挽住卡门的手臂。“小心，这些石阶下雨时很滑。”他一边说着，一边带她走上前门廊刷了漆的木质楼梯。听他的口气，好像他已经在这里住了一辈子。

卡门的心怦怦直跳。她不知道他们在哪里，也不知道马上会发生什么事。包里的苹果硌得她不舒服。

爸爸没敲门，而是直接把门推开了。“我们回来了！”他高声喊道。

卡门紧张得连大气都不敢出。谁在屋子里?

不一会儿，一个女人走了过来，她还带着一个和卡门差不多大的女孩。那个女人和卡门拥抱，接下来那个孩子也来拥抱卡门，可卡门傻呆呆地站着，全身僵硬。很快，又有一个年轻的高个子男孩出来了，卡门猜他大约有十八岁。他金发宽肩,体格健壮得像运动员一样。谢天谢地,他没有拥抱她!

“莉迪娅、克里丝塔、保罗，这是我的女儿卡门。”爸爸开始介绍了。卡门不习惯爸爸叫她的名字，他一直叫她“小甜心”“宝贝”“乖女儿”,从来都没叫过她“卡门”。卡门猜这可能是因为她的波多黎各外婆也叫“卡门”,老卡门在爸爸妈妈离婚后给爸爸写过几封骂他的信。爸爸的母亲已经去世了，她的名字叫玛丽。

所有人看着她，似乎在期待着什么。可她却不知所措。

“卡门，这是莉迪娅。”爸爸欲言又止,“她是我的未婚妻，这是她的孩子克里丝塔和保罗。”

卡门闭上眼睛，然后又睁开。房间里的灯光照得她满眼都是光点。“你什么时候有未婚妻的?”她小声问道。她知道这样问很不礼貌。

爸爸笑了。“确切地说，是四月二十四日。”他回答说，“我是五月中旬搬过来的。”

“你准备结婚了吗?”卡门知道她的问题很愚蠢。

“八月份结婚。”爸爸说，“十九日。”

卡门只是“噢”了一声。

“很不可思议，不是吗？”爸爸问她。

“是啊，很不可思议。”卡门无力地回应，只是她的“不可思议”和爸爸的是两个版本。

莉迪娅拉住卡门的一只手，卡门觉得这只手似乎离开了自己的身体。“卡门，我们都很高兴你能在这里过夏天。快进来好好放松，你喝苏打水还是茶？阿尔伯特会带你去你房间安顿。”

“阿尔伯特”？到底是谁在叫她的爸爸“阿尔伯特”？什么叫“安顿”？她又为什么会站在这里？她不该在这里过暑假。

“卡门？”爸爸问她，“喝苏打水还是茶？”

卡门只是望着爸爸，她睁大了双眼，什么也听不见，只能点头。

“到底是哪一种？还是两种都要？”爸爸进一步问道。

卡门打量着厨房。这里有不锈钢的厨具，像是有钱人用的那种。地板上甚至还铺了波斯地毯。到底是什么人才会在厨房里铺波斯地毯？头顶上挂着一个南方风格的老式吊扇，正慢悠悠地转着。她可以听见雨水敲打玻璃窗的声音。

“卡门？卡门？”爸爸在很努力地掩饰他的不耐烦。

“对不起。”卡门嘟嘟囔囔地说。她看到莉迪娅正靠在食橱前等着她发号施令。“我什么也不喝。我只想先放行李，可不可以告诉我该放哪里？”

爸爸一脸的痛苦。他难道看不出来她很难过吗？他到底看见了没有？不一会儿爸爸的表情就恢复正常了。“好，跟我来。我带你去你的房间，我等会儿就去拿你的行李箱。”

卡门跟着爸爸走上铺了地毯的楼梯，经过三间卧室后，来到一间可以俯瞰后院的卧室。房间里有水蜜桃色的地毯、古典家具和两只亚克力纸巾盒—— 一只在梳妆台上，另一只在床头柜上。房间里当然有窗帘和床罩。楼下冰箱里肯定至少有一盒苏打粉，卡门敢打十亿美元的赌。“这是客房吗？”卡门问。

“是的。”爸爸答道，他没明白卡门的意思，“你可以先‘安顿’。我等会儿把行李箱拿上来。”他又用了那个白痴字眼。

他准备出门。“嘿，爸爸？”

他回头，一脸的小心翼翼。

“我只是想说……”她的声音越来越弱。她很想指责爸爸不为她着想，他不该事先什么都不说。毫无准备地突然面对一屋子的陌生人，对她来说很难。

爸爸的眼里写满哀求，卡门不由得心生恻隐。他只不过是想在他们中间做个好人罢了。

“我没什么话要说。”她无力地说。

卡门望着爸爸的背影，她意识到自己在某些方面还是很像爸爸的。她没法说出那些很难开口的话。

亲爱的布布：

从机场回来后，卡门和爸爸的夏天就已宣告结束。现在，我的爸爸是阿尔伯特，他要和莉迪娅结婚，他住在一栋到处都是纸巾盒的小洋楼里，他还得在一对儿金发少年少女面前扮演父亲的角色。亏我以前幻想了那么多，现在真该通通忘掉。我是一个客人，住在客房里，这个家永远都不属于我。

对不起，布布，我又犯了自恋的毛病。我知道我还很幼稚，但我的心被伤透了。我恨死了惊喜。

爱你、想你的卡门

爱如战争，开战容易停火难。

——门肯

5

“莉娜。”

艾菲正站在门口喊她，莉娜放下手中的日记抬起头来。艾菲一进房间就一屁股坐在她的床上。“人都到齐了。马上就开饭了。”

莉娜早就听到了楼下的声音，但她假装没听到。

“他来了。”艾菲话里有话。

“他？”

“卡斯托斯。”

“那又怎样？”

艾菲正视她的眼睛。“莉娜，我不是在开玩笑。你真的得见见他。”

“为什么？”

艾菲用手托着腮。“我知道你会以为他是那种对长辈言听计从、没有主见的软蛋，但是莉娜，他……他……”艾菲一兴奋说话就卡壳。

“他怎样？”

“他……”

莉娜扬起眉头。

“太完美了。”艾菲终于找到词了。

莉娜不免有些好奇，但她不愿意承认。“艾菲，我来希腊可不是为了找男朋友的。”

“那我可以追他吗？”

莉娜真真切切地笑了。“当然可以，艾菲，可你已经有男朋友了呀，你怎么能这样呢？”

“以前是不能，但现在我遇到卡斯托斯了。”

“他有那么好吗？”

“你看了就知道了。”

莉娜站起身来。“我们走吧。”对卡斯托斯有些期待终归是件好事。等见到他时，肯定会大失所望。

艾菲站着不动。“你跟奶奶说你要上楼换衣服的。”

“哦，我差点忘了。”莉娜忙着在包里找衣服。这时候太阳已经下山了，空气变得凉爽起来。她套上一件棕色的套头衫（她最不性感的一件衣服），再把头发往后梳，扎了一个结结实实的马尾辫。当然，裤子还是那条牛仔裤。

“你知道，这条裤子似乎有某种魔力。”艾菲热心地说，“你穿着它很好看，比你平常穿的裤子都漂亮。”

“谢谢。”莉娜说，“我们走吧。”

“好啊。”艾菲兴奋地说。

卡斯托斯居然没让莉娜失望。他高大挺拔，男人味十足，完全不是莉娜想象中的大男孩的形象。他看起来至少有十八岁，而且他还很帅，帅得让莉娜起了疑心。

是啊，莉娜对很多东西都有疑心。但她对男孩的疑心可是有根据的，她太了解他们了：他们的眼睛只会盯着你的外表。他们假装和你交朋友，骗取你的信任，等到你真的信任他们了，他们就变得色眯眯了。如果你参加了历史兴趣小组或献血组织，他们也会装出很想加入的样子，其实只不过想引起你注意罢了。一旦他们的猪脑意识到你不会和他们约会，他们马上就会把历史事件或严重的缺血问题抛诸脑后。最糟糕的是，有的人为了接近你，还会假装和你的闺蜜约会。一旦他们暴露了狼子野心，你的闺蜜会悲痛欲绝。莉娜更喜欢相貌一般的男孩，可就连相貌一般的男孩也一样会让她失望。

在莉娜看来，大多数女孩之所以能够容忍她们的男友，归根到底只有一个原因——她们需要证明自己是美的。而对莉娜来说，美貌是她最不需要证明的优点——也许是她唯一不需要证明的。

莉娜的朋友给她起了个绰号“阿芙罗狄蒂”，这个名字属于爱与美的女神。“美”用在莉娜身上倒还算贴切，至于“爱”嘛，那就是个笑话了。莉娜一点都不浪漫。

“莉娜，这是卡斯托斯。”奶奶开始介绍了。莉娜看得出来奶奶想装出一副淡定的样子，但她实在是兴奋得没法控制。

“卡斯托斯，这是我的孙女莉娜。”奶奶眉飞色舞地说，那表情活像是给有奖问答节目的选手颁发他刚刚赢得的崭新红色跑车。

莉娜生硬地伸出手和卡斯托斯握手，免得他不请自来地凑过来，给她一个希腊式的吻颊礼。

卡斯托斯在和莉娜握手时一直盯着她的脸。她知道他想看她的眼睛，所以她故意低下头。

“卡斯托斯秋天会到伦敦去上大学。”奶奶颇为自豪，好像卡斯托斯是她的孙子似的。“他还参加过国家足球队的选拔赛。”她继续说，“他是我们的骄傲。”

现在轮到卡斯托斯低头了。“瓦莉娅比我奶奶还会吹。”他咕哝起来。

莉娜注意到他的英语有口音，但很流利。

“但今年夏天，卡斯托斯得给他爷爷帮忙。”奶奶一边说，一边真真切切地擦去眼角的泪水，“杜纳斯爷爷有病，是……”奶奶轻拍着心脏的位置，“卡斯托斯改变了他的暑假计划，他得待在家里帮爷爷。”

现在，卡斯托斯真正局促不安了。莉娜突然开始心生同情。“瓦莉娅，爷爷还是和以前一样强壮。而且我挺喜欢在铁匠铺干活的。”

莉娜知道他说的不是真心话，但他的心意是好的，莉娜喜欢听好意的谎话。就在这时，她想出了一个绝妙的点子。

“卡斯托斯，你见过艾菲了吗？”艾菲一直在旁边晃来晃去，所以莉娜没费什么气力就拽住艾菲的手肘把她拖了过来。

卡斯托斯满面笑容。“你们长得真像。”一听到这话，莉娜高兴得恨不得去拥抱他。不知道为什么，人们总是喜欢注意她们长相不同的地方，而她们相像的地方却总是被忽略。也许希腊人看她们两姐妹都差不多吧。“谁是姐姐呢？”他问道。

“我是姐姐，但艾菲性格比我好。”莉娜回答道。

“哦，别这么说。”奶奶哼着气说。

“她只比我大一岁。”艾菲插嘴说，“实际上，是十五个月。”

“原来如此。”卡斯托斯回应着。

“她只有十四岁。”奶奶觉得有必要说出这一点，“而莉娜到了八月底就十六岁了。”

“你有兄弟姐妹吗？”艾菲问他，她总是喜欢转移话题。

卡斯托斯的脸上有了一丝微妙的戒备之意。“没有……我是独子。”

两个女孩异口同声地“噢”了一声。从卡斯托斯的表情来看，莉娜知道远不止这么简单，这里应该还有故事。她暗暗祈祷，希望艾菲不要再八卦了。她不想了解别人的隐私。

“卡斯托斯……嗯……你会踢足球吧。”莉娜漫不经心地问，装出一副求证的口吻。

“踢足球？”奶奶的声音立即提高了八度，好像受到冒犯似的，“他是个冠军！他是伊亚的风云人物！”

卡斯托斯大笑起来，莉娜和艾菲也笑了。

“你们年轻人多聊聊。”奶奶说完这话就走开了。

莉娜觉得这是撮合卡斯托斯和艾菲的绝好时机。“我去拿菜。”她说道。

随后，她便坐在前门外的一把椅子上品尝美味的葡萄叶饭包。她在美国马里兰州吃过无数次希腊菜，但它们都不如现在吃的菜地道。

卡斯托斯从门里探出头来。“原来你在这里。”他说，“你喜欢一个人坐吗？”

她点了点头。其实她挑这个地方就是因为这里只有一把椅子。

“我明白了。”他长得真的很帅。他有一头黑色鬈发，眼睛是黄绿色的，鼻梁上有一小块儿凸起。

“这表示你该走了。”莉娜暗自想着。

卡斯托斯走进一条弯弯曲曲的小巷，小巷的一头是奶奶的家，另一头则是悬崖。他指着山下说：“那是我家。”那是一栋与奶奶家的房子类似的建筑物，离这里大约只隔五户人家。二楼有个凸出的熟铁阳台，刷成了那种艳丽的翡翠绿。阳台上种满了鲜花，花团锦簇，美不胜收。

“噢，要走很远呢。”她说道。

卡斯托斯笑而不语。

她本来想问他是不是和祖父母住在一起，但后来突然意识到这样会和他没完没了地聊下去。

卡斯托斯倚在小巷边上的白石灰墙上。莉娜一直以为希腊男人矮，现在终于知道自己错了。

“想和我一起到处走走吗？”他问莉娜，“我可以带你去看看阿莫迪，就是悬崖下面的那个小村庄。”

“谢谢，不用了。”莉娜一口拒绝。她甚至连借口都懒得找。很久以前她就明白了，男孩会抓住借口中的漏洞，进一步纠缠不休。

他研究了一会儿她的脸色，显然是很失望。“也许我们下次可以一起走走。”他说道。

莉娜希望他能够进屋约艾菲去阿莫迪，可他却慢慢地走下山，最后在他家门口消失。

“你真不该这样约我。”她在心底里偷偷地对他说，“本来我都快喜欢上你了。”

布丽吉特发现，足球训练营里还是有男孩子的。不，这里只有一个男孩。事实上，这里的男孩子不止一个，但对布丽吉特来说，此时此刻只有一个。

他似乎是教练，他正站在球场的另一头向康妮请教问题。这个男孩的头发又黑又直，皮肤比康妮的黑上几个色度。他看起来像拉丁裔人，应该是的吧，他有着中场球员的优雅身材。要说他是个足球教练，他的脸又太过精致，即使从这么远看都能看出来。他太帅了。

“这么盯着人看是不礼貌的。”

布丽吉特回头冲奥莉一笑。“我控制不住。”

奥莉点点头。“他是很帅。”

“你认识他吗？”布丽吉特问她。

“去年就认识他了。”奥莉答道，“他那时是我们球队的副教练，迷得我们整个夏天都在流口水。”

“他叫什么名字？”

“埃里克·里奇曼。他是洛杉矶人，现在在哥伦比亚大学踢球。我猜他今年秋天很可能就该读大二了。”

看来他比她大，但也没大多少。

“别打他的主意。”奥莉看透了她的心思，“训练营有严禁教练和球员谈恋爱的规定，而且很严厉。虽然有很多姑娘花痴他，但他得遵守规定。”

“集合了！”康妮扯着喉咙对姑娘们喊道。

布丽吉特扯下头发上的橡皮筋，一头秀发倾泻而下，落在她的肩头。阳光下，她的金发熠熠生辉。她大步走到康妮和其他几个教练的旁边。

“我开始分队了。”集合后，康妮对球员们说道。和许多经验丰富的教练一样，康妮也有一副大嗓门，必要时会响得跟高音喇叭似的。“这很重要，知道吗？这两个月你必须和你的球队并肩作战，从第一次的练习赛一直战斗到夏末的‘郊狼杯’，明白吗？你必须了解你的球队，热爱你的球队。”她的目光扫过每个人的脸，“众所周知，优秀的足球运动员不仅需要球艺精湛，更重要的是，必须要有团队精神。”

队伍里发出了一阵欢呼。布丽吉特爱死了这样的动员讲话。她知道这些都是陈腔滥调，但每次听了总能备受鼓舞。她可以想象蒂比翻白眼的模样——蒂比讨厌这种套话。

“在点名之前，我先介绍一下其他的工作人员——教练、副教练和指导员。”康妮开始挨个介绍他们的名字和工作经历。埃里克是最后一个。好像埃里克赢得的欢呼声最响，还是说这只是布丽吉特的幻觉呢？

康妮说这里一共有六支球队，但编队的方式和分配宿舍的方式截然不同。每个球队都有各自的代表颜色，而且训练营会给每位球员发放队服，等会儿叫到谁谁就去领队服。到那时她们就会被称为“一队”“二队”等等，不过每个球队可以给自己另外起个别名。康妮啰里啰唆地说了一大堆。接下来，她又给这六支球队分配总教练、副教练和指导员。埃里克在四队。

“把我也分到四队吧。”布丽吉特在心里暗暗祈祷。

康妮正在看随身携带的写字板。

“苏珊娜·亚伦，五队。”

该冷静一下了，康妮是按姓氏的字母顺序编队的。布丽吉特妒火中烧，她恨四队的每个女孩。

最后该轮到V开头的姓氏了。“布丽吉特·维兰德，三队。”

布丽吉特的希望终于落空。不过，当她大步流星地走上前去领三件一模一样的绿色T恤时，她心满意足了——埃里克正盯着她的头发看呢。他究竟是个怎样的人无所谓，反正他无法对她的秀发免疫。

卡卡：

在这个全是女孩子的训练营，我居然爱上了一个人。我还没和他说过话。他叫埃里克，真是帅得惊天动地！我爱死他了。

我真希望你能看到他。你肯定也会爱上他的。不过你可不能跟我抢。他是我的！我的！

我快精神错乱了。我该去游泳了。这地方可真浪漫。

布布

第一条：顾客永远是对的。

第二条：如果顾客不对，请参见第一条。

——邓肯·豪

6

“在渥曼待着简直就是慢性死亡。”蒂比在吱吱作响的日光灯下工作的第二个下午这样想道。因为这份工作而死，倒不会死得早，但这绝对是痛苦的死法。

“这样的商店为什么总是没有窗户？”她问自己。难道是怕身陷囹圄、面色苍白的员工见了一点光会逃跑吗？

今天蒂比又回到了二号走道，这次的工作是在货架上补充老年人用的纸尿裤。这东西和她有什么关系？和个人卫生又有什么关系？昨晚妈妈还要她用员工特殊折扣帮弟弟和妹妹买纸尿裤，但她不敢告诉妈妈她已经没资格享受折扣了。

蒂比摆了一大堆的迪彭兹纸尿裤，疲惫不堪，身体和大脑的功能似乎退化到了最低点。她可以想象自己躺在医院的仪器旁断了气，脑电波变成了一条直线。在这里工作真是跟死差不多。

突然，旁边响起了“砰”的一声，蒂比立即伸出脑袋四处张望。一个女孩晕倒了，把蒂比摞的滚珠止汗露金字塔全撞倒了，蒂比都看傻了。蒂比本来指望这个女孩能扶住什么东西，可她却直接跌倒在地，脑袋撞在油毡地板上，发出沉闷的一声——咚！

哦，我的天哪。蒂比暗叫不好，连忙奔向那个女孩。蒂比在电视里见过这种场面，但在实际生活中却从来没有碰到过。止汗露滚得满地都是。女孩大约十岁左右的样子，双眼紧闭，一头金发像扇子似的铺在地上。她死了吗？蒂比一想到这里便慌了神。这时，她才想起了她的对讲耳机。“喂！喂！”她对着耳机大喊，把上面的键乱按了一通，她真希望自己会操作它。

蒂比冲向前面的收银台，大声喊道：“紧急情况！二号走道出现紧急情况！快拨 911！”难得她一口气说了这么多话，居然可以不带一丝讽刺的意味。“有个女孩在二号走道昏倒！”

布丽安娜马上打电话，蒂比放心了，她立刻跑回那个女孩身边。女孩仍然躺在那里，一动也不动。蒂比抓起她的手，想看看她是否还有脉搏。突然之间，蒂比觉得自己好像穿越到了医疗剧里。女孩还有脉搏。蒂比准备在女孩的包里找钱包，可过了一会儿她就打消了这个念头。在警察到来之前，你不应该碰任何东西，不是吗？哦，不对，凶杀案才是这样的。她把警匪片和医疗剧弄混了。于是，她继续找钱包。这个女孩现在昏倒在渥曼超市的地上，无论她的父母是谁，他们都有必要知道。

蒂比找到一张图书馆的借书卡、一张从杂志上剪下来的占星卡、一张女生的标准学生照，照片的背面写着“麦迪”

和一大堆“XOXO”，还有四张一美元的钞票。都是些没用的东西。蒂比这么大的时候钱包里好像也是装的这些东西。

正在这个时候，三个急救中心的人抬着担架赶来了。其中有两个人开始忙着把女孩抬上担架，另外一个则仔细察看女孩左腕上的银色医疗手环 。蒂比不禁自责起来。“我怎么没有想到去查看女孩的手腕呢？”

第三个急救人员问蒂比：“这事是怎么发生的？你当时看到了什么？”

“其实也没看到什么。”蒂比回答，“我听到有声音就跑过来，然后发现她把陈列的商品撞倒了，头撞在了地上。我想她是昏倒了吧。”

急救人员没有再盯着蒂比的脸，但他却直勾勾地盯着蒂比手中的钱包。“那是什么？”他问道。

“噢，是她的钱包。”

“你拿了她的钱包？”

蒂比瞪大了双眼。她突然意识到自己的样子很可疑。“我的意思是，我——”

“你怎么不说下去？快把钱包给我。”这个男人一字一顿地说。他是把她当犯人了吗？还是说她多心了呢？

蒂比那著名的伶牙俐齿顿时失去了作用，她没法挖苦他。她只想哭。“我想找她的电话号码。”她一边解释，一边把钱包递给急救人员，“我只是想把这事告诉她父母。”

男人的眼神变得柔软起来。“为什么你不能好好坐着等我们来呢？我们会把她抬上救护车，届时医院会通知她父母的。”

蒂比拿着钱包，跟着急救人员和女孩走出店外。他们很快就把女孩抬上了救护车。蒂比看见女孩的牛仔裤上湿了一片——她尿裤子了。蒂比迅速转过头，她看见陌生人哭泣时也总会这样。昏倒在地，磕到头让别人看见倒没什么，可尿裤子就太难堪了。

“我可以跟着一道去吗？”蒂比也不知道她为什么要这样问，也许她只是不想女孩一醒来就只能看到乱成一团的急救人员。他们给蒂比让了一点位置，好让她坐在女孩身边。蒂比伸出手握住女孩的手。这一次，她也不知道自己为什么这样做。蒂比只觉得，要是换了她躺在救护车上，沿着老乔治敦路一路加速，她会需要别人握着她的手的。

车开到威斯康星大道和布拉德利路的交会处时，女孩醒了。她眨巴着眼睛四处张望，一脸的迷惑。女孩紧握住蒂比的手，然后才发现这只手的主人。她看到蒂比时，脸上的神情逐渐从迷惑变为怀疑。女孩瞪圆了眼睛盯着蒂比的工号牌和绿色的工作服，蒂比的工牌还写着——“嗨，我是蒂比！”女孩又看向另一边，看到了急救人员。

“渥曼超市的人怎么会握着我的手？”女孩问道。

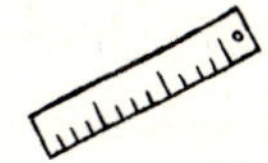

有人敲门。卡门瞥了一眼门，从地毯上站起来。她的行李箱虽然开着，但她并没有整理任何东西。“谁呀？”

“我可以进来吗？”

她知道是克里丝塔。

不，你不能进来。但她还是说：“进来吧。”

门缓缓地开了。“卡门？嗯，你知不知道吃饭的时间到了？准备好下楼了吗？”

克里丝塔把头伸进来。卡门可以闻到她涂的唇彩的味道。她觉得克里丝塔似乎总在用询问的方式说话。一般的陈述句从她的嘴里出来都会变成疑问句。

“我马上下楼。”她答道。

克里丝塔缩回脑袋关上门。

卡门又倒在地上伸了一个懒腰。卡门很纳闷，自己怎么会到这里来？这是怎么回事？她想象着另一个平行时空的卡门，那个卡门和爸爸在闹市区的餐厅里猛啃汉堡包，吃完了再一起去打台球。她妒忌那个卡门。

卡门慢吞吞地下楼，她在精心布置的餐桌旁找了一个位置坐下。桌上摆了各式各样的叉子，餐厅里这样矫情倒还没什么，可这是在自己的家里，用得着吗？桌上的白瓷盘都是成套的，里面盛满了各式各样的家常菜，有羊排、烧土豆、西葫芦炒红辣椒、胡萝卜沙拉和刚出炉的面包。突然，卡门感觉到克里丝塔在伸手拉她的手，她吓了一跳，不假思索地就把那只手甩开了。

克里丝塔满面通红。“对不起。”她小声说，“我们牵手是为了在饭前感恩祈祷。”

卡门看了看爸爸。他正满面笑容地牵着保罗的手，另一只手则向她伸过来。“这是他们的生活方式？那我们的生活方式是什么呢？”卡门真想这样问爸爸，“我们难道不是一家人吗？”不平归不平，卡门还是牵着爸爸的手，顺从地做陌生的饭前祷告。爸爸以前拒绝皈依天主教，为此他还得罪了卡门的外公外婆。可看看现在，他居然认认真真地做着饭前祷告。

卡门想起了她可怜的妈妈。现在她和妈妈在一起时总是做饭前祈祷。不过，爸爸以前和他们住在一起的时候，妈妈总是为了爸爸取消祈祷仪式。

她盯着莉迪娅看，心想这个女人到底有什么魅力。

“莉迪娅，菜真香。”爸爸说话了。

“是啊。”克里丝塔也附和。

卡门知道爸爸在看她，她知道自己应该说点什么。不过，她就是一言不发，只管坐着吃。

保罗很安静。他看了看卡门，然后低下了头。

满屋子只剩下雨声、咀嚼声和餐具碰撞的声音。

“嗯，卡门。”克里丝塔斗胆开口了，“你和我想象的完全不一样，你知道吗？”

卡门吞了一大口菜，嚼都没嚼。这可一点也没帮到她。她清了清嗓子。“你的意思是，我长得像波多黎各人吗？”她直视克里丝塔的眼睛。

克里丝塔干笑了两声，连忙停下。“不是的，我的意思是……你知道的……你有黑眼睛和黑鬈发，你明白我的意思吗？”

“还有深色皮肤和大屁股？”卡门真想帮她继续说。可她没有，她只是说：“是啊，我长得像波多黎各人，我长得像我妈妈。我妈妈是波多黎各人，也就是拉丁裔。我爸爸可能没给你们讲这些。”

克里丝塔的声音越来越弱，卡门甚至都不知道她是不是还在说话。“我不清楚他是否……”克里丝塔说着说着便没了声音，她一边吃着一边把话都吞到肚子里去了。

“卡门像我一样高，她继承了我的数学天赋。”爸爸也说话了。虽然这话很苍白无力，但卡门还是很感激爸爸。

莉迪娅认真地点了点头。保罗还是一言不发。

“卡门。”莉迪娅把叉子放在盘子上，“你爸爸说你打网球很厉害。”

卡门这时正好满口食物，要想嚼完吞下去至少得五分钟。她嚼了很长时间后，只吐出两个字——“还行”。

卡门知道她的回答简短得几近于无礼。她本来应该展开这个话题或回问一些问题。但她现在有一肚子的气。她火冒三丈，自己也不明白为什么会气成这样。她恨莉迪娅厨艺精湛，她恨爸爸喜欢莉迪娅做的菜，她恨克里丝塔穿着粉紫色的开衫像个洋娃娃似的。她希望保罗能说点什么，不要傻坐在那里把她当白痴神经病。她恨这些人，她一分钟也坐不下去了。突然之间，她头昏脑涨，被恐慌侵袭，心一个劲地狂跳不止。

卡门站起身来。“我可以给妈妈打电话吗？”她问爸爸。

“当然。”爸爸也站起来说，“客房里有电话。”

她一言不发地离开餐桌，径直跑上楼了。

“妈妈。”一分钟后，卡门对着电话哭了起来。自放假后，每一天她都疏远妈妈一点点，一心只盼望能和爸爸一起度过这个夏天。现在，她需要妈妈，她需要妈妈帮她忘记这一切。

“怎么了，宝贝？”

“爸爸要结婚了。他马上会有一个大家庭，有妻子和两个一头金发的孩子，还有一栋豪宅。我为什么还待在这里？”

“噢，卡门！我的天！他要结婚了，真的吗？那个女人是谁？”

妈妈一听就来劲了，她很好奇。

“是的，八月份就结婚。那个女人叫莉迪娅。”

“她姓什么呢？”

“我还不知道。”卡门倒在碎花床罩上。

妈妈叹了一口气。“她的孩子怎么样呢？”

“还不是很了解。都是金发，性格温和。”

“有多大？”

卡门不想再回答这样的问题了。她觉得妈妈在把她当孩子哄。“十几岁吧，男孩比我大，不过我也不知道大多少。”

“哦，你爸爸在你去之前应该跟你说的。”

卡门可以感觉得到妈妈的声音有一丝愤怒，但她现在不想管这些了。

“这没什么，妈妈。他说他想亲自告诉我。只是……我不想再待在这里了。”

“哦，宝贝，我知道你很失望，你爸爸不会再只属于你了。”

妈妈的措辞让卡门感到自己的自尊无处安放。

“不是那回事。”她更痛苦了，“他们太……”

“太怎么样？”

“我就是不喜欢他们。”卡门气得几乎说不出话。

“为什么不喜欢？”

“我就是不喜欢。他们也不喜欢我。”

“你怎么知道呢？”妈妈问道。

“我就是知道。”卡门气冲冲地说，她讨厌自己这样孩子气。

“你是不喜欢这些陌生人还是不喜欢你爸爸？”

“我没生爸爸的气。”卡门想都没想就脱口而出。爸爸虽然爱上了这个把孩子养成僵尸、把客房布置得像酒店的女人，但这并不是他的错。

卡门对妈妈说“再见”，并答应第二天再给她打电话。放下电话后，她在床上翻来覆去，莫名其妙地大哭起来。

理智告诉她，她应该为爸爸感到开心。他遇上了一个可以共建家庭的女人。现在他的生活很圆满，这显然是他所向往的。卡门知道爸爸很高兴，她也应该为爸爸感到高兴。

但她还是恨他们。她恨自己这样蛮不讲理。

布丽吉特一步一步走入温暖的海水，成群的扳机鱼在她的脚踝边游来游去。

“我喜欢埃里克。”她告诉戴安娜，戴安娜是四队的。“我们可以互换位置吗？”这种建议她已提过很多次了。

戴安娜取笑她。“你以为教练不会发现吗？”

“他五点钟带球队跑步。”艾米丽说。

布丽吉特看了看表。“该死，就差五分钟了。”

“你不是真的想去吧？”戴安娜问她。

布丽吉特已经跑上岸了。“我是认真的。”

“要跑近一万米呢。”艾米丽提醒她。

事实上，布丽吉特两个多月都没跑过步了。“他们从哪里开始跑？”

“就在器材棚旁边。”艾米丽说完便向深水区走去。

“再见了各位。”布丽吉特回头喊道。

布丽吉特回到宿舍里，在泳裤外面直接套上短裤，然后脱掉上身的泳衣，穿上运动文胸。她匆匆穿上短袜和跑鞋。天气太热了，所以只穿文胸跑步很正常，她不怕别人的眼光。

球队已经出发了。布丽吉特只得沿着脏兮兮的小路往前追。她真该先做一下热身运动。

前面大约有十五个人。布丽吉特毫无章法地跑了近两千米，好不容易才把步伐调整好。她的腿很长，身上一点赘肉都没有。她是天生的长跑健将，即使长时间不锻炼也照样能健步如飞。

她一下子冲到队伍中间。埃里克注意到她了。她跑上前，说：“嗨，我叫布丽吉特。”

“布丽吉特？”他放慢脚步。

“是，不过别人都叫我‘布布’。”

“‘布布’？布娃娃？”

她大笑着点点头。

“我叫埃里克。”他也自我介绍。

“我知道。”她说。

埃里克回头对队伍喊话。“今天我们的速度是五分钟一千米。我们的队伍里有很多专业的运动健将，我认为这个速度应该没问题。不过累了也可以跑慢一点。我并不要求你们每个人都跟我一起跑到终点。”

天哪，五分钟一千米。这条路正是上山的路。她一路飞奔，脚下扬起阵阵灰尘。上山之后，路面又变平坦了。他们沿着河床跑，现在是枯水季节，河里的水少得可怜。

布丽吉特大汗淋漓，但她仍然呼吸均匀。她一直和埃里克并肩跑着。“我听说你是从洛杉矶来的。”她开口说话了。有些人跑步时喜欢聊天，有些人则讨厌。她很想知道他到底属于哪一种类型。

“是的。”他回应道。

布丽吉特刚准备把他归到第二类，可他又开始说话了。“不过我在这里待了很长时间。”

“是下加州这里吗？”她问道。

“是的，我妈妈是墨西哥人，她来自穆莱赫[1]。”

“真的吗？”布丽吉特饶有兴趣地问，难怪他看起来像西班牙裔。“穆莱赫离这里只有几公里远，是吧？”

“是的。”他说，“你是哪里人呢？”

“我来自华盛顿。我爸爸是阿姆斯特丹来的。”

“哇哦，那你应该很懂有个外籍家长的难处了吧。”

她大笑起来，想不到一切进展得这么顺利。“我深有体会。”

“那你妈妈呢？”来了，没有任何预兆，布丽吉特可以直接进行第二项测试了。她通常需要深入了解后再进行这项测试，不过今天例外。

“我妈妈……”她不知道该用什么时态，妈妈在几年前自杀了。“我妈妈来自……亚拉巴马。她死了。”布丽吉特这四年以来一直都对别人说妈妈“去世”了，但她现在真的很烦这个词。妈妈的死太突然了，这个词用在她身上不合适。

埃里克马上回过头来，盯着她看了好长时间。“我真为你难过。”

布丽吉特觉得身上的汗干了。这次她是真的放下戒备说了真心话。她避开了埃里克的目光。还好，他没有说“真遗憾”。

---

1 墨西哥南下加利福尼亚州的城市。

突然之间，她觉得只穿着运动文胸太暴露了。

对于绝大多数的男孩，布丽吉特都能让他们永远不会问到这事。她以前和一个男孩约会几个月都不会谈到母亲的死。奇怪的是，和埃里克在一起，才刚聊两分钟就说到了这里。如果卡门在，她肯定会认为这意味着什么。卡门总喜欢找一些征兆，但布丽吉特从不这样。

“你现在在哥伦比亚大学读书吗？”她一边跑着一边问，把心底的悲伤通通抛在身后的小路上。

“是的。”

“你喜欢那里吗？”

“对于喜欢运动的人来说，这所学校有点奇怪。”他说，“他们并不重视体育。”

“这样啊。”

“但那里的足球队很有名，而且学术氛围也非常浓。我妈妈觉得这是一所好学校。”

“有道理。”布丽吉特说。他的侧面轮廓真是太迷人了。

埃里克加快了步伐。她认为这是挑战的信号，她一直都喜欢挑战。

布丽吉特回头看了一眼，后面的人少了许多。她一直和埃里克并肩跑着。她爱死了这种肌肉紧绷绷的感觉，虽然跑得很累，但却有一种酣畅淋漓的快感。

“你多大了？”他直截了当地问她。

布丽吉特真希望自己能圆滑地回答这个问题。她知道自己是这里年龄最小的队员。“十六岁。”她回答道。她很快就十六岁了。四舍五入不算骗人，不是吗？“你呢？”

“十九。”他回答道。

他也没大她多少。而且她要是真满十六岁了，三岁的差距更不算什么。

“你准备上哪所大学？”他问道。

“可能是弗吉尼亚大学吧。”她说。其实她也不是很清楚。事实上，弗吉尼亚大学的教练已经和她高中的教练谈过她的情况。虽然布丽吉特的学习成绩并不出色，但她知道她上这所大学没什么问题。

“好学校。”他说。

现在她也开始加快步伐了。她的心仿佛飞了起来，和埃里克靠得这么近，她兴奋不已，浑身上下有着使不完的劲。他们绕了一大圈，快到海滩边上了，那里就是终点。

“你肯定经常跑步。”他对她说。

布丽吉特笑了。“我几个月都没跑了。”说完她就准备冲刺。其他的队员已经被他们远远地抛在身后。埃里克是会保持原来的步伐？还是会加快步伐追我呢？布丽吉特很想知道。

布丽吉特感觉到他的手肘轻轻地碰了她一下。她笑了。“我们来比赛吧。”

他们向前飞奔了六七百米，终于到达海滩。布丽吉特几乎是飞着跑过最后那一段，她的血管里充满了肾上腺素。

她倒在沙滩上。他也倒下来，“我想我们已经破纪录了。”

布丽吉特快乐地伸开双臂。“我一直都是目标导向的。”她在沙滩上滚来滚去，最后活像裹满了糖粉的甜甜圈。他望着她大笑起来。

再过几分钟后面的人就会赶过来了。布丽吉特踢掉鞋袜，当着他的面脱掉短裤——她里面穿的是泳裤。她一把扯下头上的橡皮筋，金黄的秀发倾泻下来，落在汗津津的肩上和背上。

埃里克移开目光。

“我们游泳吧。”她说。

他的表情现在变得凝重。他没有动。

布丽吉特没有理会他。她在水里走了几米，然后一个俯冲跃入海水。等到布丽吉特钻出水面时，她发现埃里克也把汗湿的 T 恤脱掉了。她毫不掩饰地盯着他看。

埃里克也跟着她钻入海水，这正遂了她的心愿。他游过她身边，一会儿便出现在几米之外的水面上。

布丽吉特向他挥手，她也不知道自己为什么这样。她在水中上下翻飞，浑身的精力怎么也使不完。“这是全世界最美妙的地方。”

埃里克又大笑起来，凝重的表情一扫而光。

布丽吉特潜入水下，一头扎到铺满了细沙的水底。她缓缓地游到埃里克的脚下。此时，她什么也没有想，直接就伸出手指碰了碰他的脚踝。她的动作很轻，犹如扳机鱼掠过。

当生活递给你一只柠檬，你要对它说：

“好啊，我喜欢柠檬，还有别的东西吗？”

——亨利·罗林斯

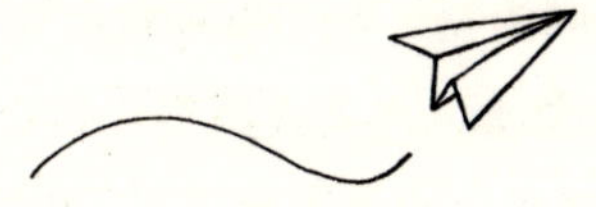

7

第二天早上，莉娜到厨房吃早餐，看到只有爷爷在那里。“早上好。”她用希腊语向爷爷问好。

爷爷点点头，朝她眨了眨眼睛以示问候。厨房的餐桌很小，她坐在爷爷对面。爷爷指了指一盒脆米花麦片，示意她可以吃。莉娜正好很喜欢吃脆米花，她又用希腊语说了声“谢谢”，她会说的希腊语差不多就只有这么两句。奶奶早已在餐桌上放了碗和勺子。爷爷将牛奶递给莉娜。

他们一起慢慢吃。莉娜看着爷爷，而爷爷则盯着碗。爷爷是不是不喜欢她在这里？他是不是喜欢一个人吃早餐？他是不是因为她不会说希腊语对她失望？

爷爷又给自己倒了一碗麦片。他虽然长得很瘦，但胃口显然还是极好的。这真有意思。莉娜看着爷爷，发现了自己的影子。比如说，她的鼻子就和爷爷的很像。家里几乎每个人都有著名的“卡利加瑞”鼻——爸爸、姑姑、艾菲都是这样。他们高大的鼻子看起来个性十足。当然，妈妈的鼻子和他们的不一样，妈妈的可是“帕特莫斯”鼻，和他们截然不同。

莉娜的鼻子小巧精致，但没什么个性。她一直都不明白自己为什么会有这样的鼻子，不过现在她知道了，她的鼻子和爷爷的一模一样。这是否就意味着她的鼻子才是正宗的“卡利加瑞”鼻呢？自小时候起，莉娜就暗暗希望自己能有和家人一样的大鼻子。不过现在她知道了自己的鼻子是谁遗传给她的，她开始喜欢上了这鼻子。

莉娜强迫自己不要再盯着爷爷，她知道这样会让他不自在。此时她必须说点什么，坐在这里一言不发很可能会让爷爷不高兴。

“我早上准备去画画。”她一面说着，一边做了个画画的手势。

爷爷似乎突然走出了刚刚只顾着吃麦片的状态。她也经常有这种出神的感觉。他扬了扬眉毛，然后点了点头。莉娜也不知道他是否听懂了。

“我想下山去阿莫迪。从这里下去一路都有台阶吗？”

爷爷想了想，又点了点头。莉娜看出来了，他还是想继续吃麦片。他是不是不喜欢她？还是说她烦到他了？

“好了，我该走了。祝您今天愉快，爷爷。再见。”

莉娜上楼拿画画的工具时，突然产生了一种极其怪异的感觉，她觉得自己是艾菲，而且刚刚和莉娜吃完了早餐。

莉娜穿上牛仔裤和一件皱巴巴的白色亚麻衬衫。她把调色板、折叠式画架和画板塞入背包，然后一把甩在肩上。

她刚走到楼梯，就看到卡斯托斯站在大门口，他带来了他奶奶刚做的一大盘点心。奶奶正拥吻着卡斯托斯表示感谢，她叽里咕噜地说了一通希腊语，莉娜一个字也没听懂。

奶奶看见莉娜了，天，又是那种眼神。奶奶马上请卡斯托斯进屋。

莉娜真希望艾菲已经起床了。她迅速逃向大门。

“莉娜，坐下，尝一块点心。”奶奶叫住她。

“我得去画画了。现在就得走，不然等太阳完全出来，漂亮的阴影就消失了。”莉娜找了个借口。其实这话在理论上站不住脚，因为她今天是要起草线稿，这意味着有没有阴影根本无所谓。

卡斯托斯也走到大门口。“我得干活去了，瓦莉娅。我已经迟到了。”

奶奶看到他们俩至少有机会在外面一起走，立刻转愠为喜。奶奶送卡斯托斯出门，还对莉娜眨了眨眼。“他是个好男孩。”奶奶对莉娜耳语道。她总是来这一套。

“你喜欢画画吗？”卡斯托斯一出门就看见了她的包。

“是的。”莉娜答道，“尤其是在这里。”她也不知道自己为什么又多说了几个字。

“我知道这里的风景很美。”卡斯托斯认真地说，他看了看金光灿灿的水面，“可是我天天看着它，已经发现不了它的美了。”

一听这话，莉娜倒很想和他好好聊一聊。可是她又想起了奶奶，这时奶奶很可能正趴在窗前偷看他们。

“你走哪条路？”莉娜问他。这是她的小把戏，有一点点无耻。

卡斯托斯看了看莉娜身边的小巷，不知道该怎么回答才好。显然，他知道莉娜的心思，但诚实占了上风。“下山的路。我要去铁匠铺。”

这就容易了。“我准备上山，我今天想画山上的景色。”她准备立刻闪人上山。

卡斯托斯看起来很不高兴。他识破了她的小把戏吗？大多数男孩都不知道这是拒绝。

“那我下山了。”他说，“祝你今天愉快。”

“你也一样。”她现在的心情轻松极了。

从某种程度上来说，上山实在有点可惜。她今天早上醒时，本是一心准备下山去阿莫迪画船屋的。

蒂儿：

你肯定会讨厌这个地方。这里全都是美国的体育健将，我们一天到晚都在训练，总是没完没了地击掌鼓劲。我甚至看见一个球队抱成一团打气。到处都是这些肉麻老套的体育文化。

看到这些，你在渥曼上班会不会觉得好过一点呢？

我只是开玩笑罢了，蒂儿。

当然，我爱死了这里。不过随着时间一天一天逝去，我开始很庆幸我的真实生活并非如此，这里到处都是像我这样的女孩。如果满世界的人都和我一样，那我就没有你了，不是吗？

噢，我爱上了一个人。我之前跟你说过吗？他叫埃里克。他是这里的教练，营员是绝对不能和教练恋爱的。但你知道我总有办法。

永远爱你的布布

当蒂比回到渥曼时，她突然意识到了两个问题。第一，她上班不该出去这么长时间，犯了这种错误的员工是会被解雇的（邓肯已经跟她说过多次了）。也许邓肯会给她最后一次机会，但她当天的工资已经泡汤了。蒂比不禁开始觉得，等到结束这份工作时，她很可能还得倒给渥曼钱。

第二个问题就是那个昏倒的女孩的钱包正在她自己的钱包旁边，两只钱包都躺在透明塑料包中（这种包可是有偷窃嫌疑的员工专用的）。噢，见鬼！

她在借书卡上找到了女孩的名字：贝莉·格拉芙曼。蒂比走到外面找了一座公共电话亭。谢天谢地，电话黄页上有格拉芙曼家的地址，她家就在渥曼附近。

蒂比立即又飞身上车，骑了几个街区到了格拉芙曼家。一个女人开了门，她应该就是格拉芙曼夫人。“你好，嗯，我是蒂比。嗯，我……”

“你是在渥曼超市发现贝莉的那个女孩吧。”女人很感激的样子。

“是的，嗯，我当时拿了她的钱包，我只是想找你们的电话号码。但是，嗯，我忘了还给她。”蒂比解释道，“里面只有四美元。”出于自我保护，她又多说了一句。

格拉芙曼夫人被蒂比弄糊涂了。“哦，是这样啊，这没什么。”然后她微笑着说，“贝莉正在楼上休息呢。你还是亲自交给她吧。我估计她也想亲自对你说声‘谢谢’。”

蒂比拖着沉重的脚步上楼时，格拉芙曼夫人说：“上楼笔直走。”

“嗯，嗨！”蒂比站在女孩的房门前局促不安地打招呼。房间的墙上贴满了丝带墙纸，还有黄色的泡泡纱窗帘。满屋子都是男孩乐队的海报，大约每隔三十厘米就有一张。“我是，嗯，蒂比。我——”

“你是渥曼超市的那个女孩吧。”贝莉坐起身来。

“是的。”蒂比走到床边，拿出了钱包。

“你偷了我的钱包？”贝莉眯起眼睛质问道。

蒂比板起了脸。这孩子真讨厌。“我没偷你的钱包。医院要用它来联系你的父母，我只是拿着罢了。给你！不用谢了！”她把钱包扔在床上。

贝莉抓过钱包检查了一下里面，然后又数了数钞票。“我觉得我的钱不止四美元。”

“你只有四美元。”

“你偷了我的钱。”

蒂比摇摇头，她一下子蒙了。“你在开玩笑吗？我要是偷了你的钱，我会大老远地跑到这里来把这个寒酸得要死的钱包还给你？除了钱之外我还应该还你什么？你的占星卡吗？是吧，不然你忘了你的月亮星座又会出事。”

贝莉顿时目瞪口呆。

蒂比感觉有些内疚，也许她太过分了。

不过贝莉也不是善茬。“你的钱包里有什么重要的东西？自行车驾驶证？还是渥曼超市的工作证？”她说“渥曼”这两个字时，比蒂比的口吻还要轻蔑。

蒂比白了她一眼，说：“你多大了？十岁？谁教你这么恶毒的？”

贝莉气鼓鼓地皱起眉。“我十二岁了。”

现在蒂比更内疚了。她一直都讨厌别人把她的年龄猜小了，她知道自己又瘦又小，还没胸。

“你多大了？”贝莉问道，她的眼中充满了挑衅的意味。“十三岁？”

“贝莉！该吃药了！”贝莉的妈妈在楼下喊道，“你要不要你的朋友下来拿药？”

蒂比四处看了看。她是贝莉的“朋友”吗？

“当然了。”贝莉对妈妈说。她觉得太好笑了。“你可以帮我拿药吗？”

蒂比点点头。“你这么感激我，帮这个忙当然没问题。”她又拖着沉重的脚步下楼了，她真不知道自己怎么还在这儿。

格拉芙曼夫人把一大杯橙汁和一小纸杯药丸递给她。“她还好吧？”她问道。

“嗯，我觉得还好。”蒂比回答道。

格拉芙曼夫人的目光在蒂比的脸上停留了一会儿。“贝莉喜欢试探别人。”她突然没来由地说了这么一句。

“蒂比喜欢试探别人。”这太诡异了。她已无数次听过自己妈妈对别人说同样的话。

“我想，她这样是因为她的病。”

蒂比脱口就问道：“她得了什么病？”

格拉芙曼夫人非常吃惊，她没想到蒂比居然不知道。“她得了白血病。”格拉芙曼夫人似乎很想轻描淡写，仿佛她已把这话说过千万遍，再提起时已波澜不惊似的。可蒂比看得出来她还是很害怕。

蒂比的心猛地一沉。格拉芙曼夫人望着她，满眼都是期待，好像蒂比应该说点什么。“得知她的病，我很难过。”蒂比生硬地咕哝了这么一句。

蒂比转身上楼了。她还在想着女孩的妈妈望着她充满期待的神情，那种眼神太悲伤了。

她在贝莉的门口停住了，还不小心把橙汁洒了一点点。她真不该说那些伤人的话，她太过分了。虽然战火是贝莉点燃的，但她毕竟有白血病啊。

贝莉现在坐在床上，似乎迫不及待地想再干一仗。

蒂比的神情变得温和多了，她甚至亲切地微笑起来。她把药递给了贝莉。

“告诉我，你是不是隐瞒了你的真实年龄才得到渥曼的这份工作？在那里工作至少应该满十五岁吧。”贝莉问道。

蒂比清了清嗓子，竭力不让脸上的笑容垮下来。“不，我没有撒谎，我真的有十五岁。”

贝莉很有些不耐烦。“可你不像十五岁。”

蒂比的笑容僵住了，她已经不记得该怎么自然地微笑，她现在几乎是皮笑肉不笑。“是啊，我可能看起来小。”蒂比小声答道，她真的想走了。

贝莉的双眼突然溢满了泪水，蒂比将目光移到一边。“她跟你说了，是不是？”贝莉厉声喝道。

“跟我说什么了？”蒂比心虚地盯着毯子，她心里明明很清楚，但得假装不知道，她真恨这样。别人这样骗她时，她也一样会恨。

“跟你说我有病！”贝莉脸上的愤怒凝固了，就像蒂比僵住了的亲切微笑。

“她没说。”蒂比嗫嚅着，她恨自己这样懦弱。

“我真没想到你居然会说谎。”贝莉反唇相讥。

蒂比不敢直视贝莉的眼睛，只得找其他可以看的东西。最后，她的目光停在贝莉床罩上的一块布上，布上插了一根针，旁边拖着一条红色的线。细密匀称的针脚组成了几个字——“你是我的”。后面还没绣完，那应该是什么字？是“阳光”吗？这块布让蒂比心中一酸，她的同情心又爆发了。

“我得走了。”蒂比的声音几乎小得听不见。

“好，快滚吧。”贝莉说。

“再见。”蒂比机械地说道。她踉踉跄跄地向房门走去。

“你的工作服真漂亮。”贝莉对着她的背影恶狠狠地说。

“谢谢。”蒂比一边说一边夺门而逃。

亲爱的卡门：

我真希望哪年夏天我们可以都到这里来。在我看来，世间最快乐的事莫过于此。第一天的时候，我走下无数级台阶，到了悬崖下面的一座小渔村——阿莫迪。这个渔村就在“卡尔代拉”——即火山口上面。以前这里发生过可怕的火山爆发，大多数的岛屿都沉到海底去了。我画了很多漂亮的希腊渔船，可这里热得厉害，我只好脱掉衣服，只穿着泳衣跳到清凉的海水中，这里的水可真清啊。

我给你画了一幅画，上面是伊亚的钟楼。我那沉默寡言、不会说英语的爷爷还走过来，看了好一会儿我的画。他赞许地点了点头，那模样很有趣。

艾菲和我骑着助动车去了岛上最大的村庄——费拉，我们在一家露天咖啡馆喝了一种超浓的咖啡，两个人都咖啡因摄入过量。我焦躁不安，一言不发；而艾菲则像嗑了药似的见人就调情，服务生和路人她全不放过。

这里有一个男孩，他叫卡斯托斯，他每天都会路过我家六次左右。他总想找我搭讪，不过我才懒得理他。奶奶一心希望我能和他恋爱。可我觉得这是世上最不浪漫的事了。

除了这些之外，差不多就没有值得一提的大事了。这些事都还没重要到可以写在牛仔裤上。更精彩的事情应该在后面吧，我们的牛仔裤还在耐心等待。

我都快等不及看你的回信了。这里收寄信真慢。我真希望我有一台电脑。希望你和阿尔伯特能够度过一个开开心心的夏天。

爱你的莉娜

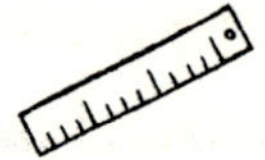

“我在这里是为了什么？”卡门问自己，她环视着嘈杂的房间。在她看来，这里的每个声音、每张脸都是一样的，它们毫无分别。都是普普通通的南卡罗莱纳州少年罢了。

克里丝塔和她的朋友们在后院聊天，保罗在他那个看起来没什么内涵的漂亮女友和四肢发达的运动员朋友面前显摆。卡门独自站在楼梯上，根本顾不上在意自己看起来有多像个无可救药的失败者。

她浑浑噩噩，觉得自己就像个隐形人。她不光是想念朋友们，甚至还开始怀疑，没了她们，自己是否就相当于不存在？

莉迪娅和爸爸看室内乐团的音乐会去了（这可是破天荒的头一遭，她爸爸以前最讨厌古典音乐）。他们以为让卡门和克里丝塔、保罗一起举办“狂欢派对”就能让所有问题迎刃而解。他们以为一个“狂欢派对”就能让一个在客房里待了四天、生了一肚子闷气的女孩重展笑颜。爸爸似乎对这个想法寄予厚望，所以她努力迎合。不过这有用吗？

一个矮个子的男孩碰到了她的肩膀。“对不起。”他道歉，正说着又不小心把塑料杯中的一半啤酒都洒到地毯上去了。他站定后看着她，向她打招呼：“嗨！”

“嗨！”卡门心不在焉地回应道。

“你是谁？”他问。他盯着她的胸，好像在问她的胸似的。

她把双臂抱在胸口。“我是，嗯，我是克里丝塔和保罗的……嗯……他们的母亲是我的……”

现在，他又盯着别处去了。卡门根本没必要把话说完。说了又有谁在意呢？

“再见。”她说完就转身走了。

突然之间，卡门发现自己正站在保罗身旁。真见鬼！保罗拿着一杯可乐，对她点头示意。他很可能刚喝过啤酒需要换个口味。“你见过凯莉了吗？”他问道。凯莉的手像蛇一样缠在保罗的腰上。她很漂亮，可是五官太夸张了，过分到有点丑。她的颧骨高得过分，眼距宽得过分，瘦削的锁骨突出得过分。

“嗨，凯莉。”卡门懒洋洋地打招呼。

“你是？”凯莉问道。

“我叫卡门。”卡门回答说。她看得出来，凯莉看到保罗认识了一个她不认识的女孩，有些担心自己的地位受到威胁。既然保罗每天对她说的话大概就只有七个字，那想必他也不会对凯莉说家里住着一个女孩了。“我和保罗住在一起。”她故意挑衅说。

凯莉的细眉毛立刻挑得老高，几乎快碰到发际线了。这时，卡门准备闪人了。“我去拿饮料。”她低声说道，临走时还不忘向保罗抛了个媚眼。

可怜的保罗。他得好好解释了，这怎么也得让他把一年的话都说光了吧。

我已看到了未来，

它和现在没什么两样，只是时间更久一些。

——丹·奎森伯里

8

“蒂比，能帮我切一下尼奇的鸡肉吗？”蒂比的妈妈问道。

蒂比以往总会牢骚满腹，但今晚她直接弯腰把鸡肉切了。尼奇一把夺过刀。“我要切！我要切！”

蒂比不厌其烦地从尼奇黏糊糊的肉手指上抽出黄油刀。“宝宝不能拿刀，尼奇。”蒂比低声说，她的语气像足了她妈妈。

尼奇不高兴了，他抓起两把面条往地上扔。

“快把盘子抢走！”妈妈喊道。

蒂比把盘子抢走了。吃晚饭的时候尼奇总是把食物往地上扔，这时只有一招可以对付，那就是看准时机把他的盘子抢走。

蒂比看着蓝色化纤地毯上的面条，不禁皱起了眉头。这种地毯上的任何污迹都可以洗掉，蒂比怀疑它是用塑料保鲜膜做的。家里以前铺的是草编地毯，老是让她的脚痒痒的。这里以前还有墨西哥烛台和蒂比亲自用黏土做的盐瓶、辣椒瓶。可现在的调料瓶都是从陶瓷仓库买来的。她的盐瓶和辣椒瓶到底是什么时候消失的呢？蒂比记不清具体的日期，但她记得大致的年份。那时妈妈决定放弃雕刻师的工作，参加了房产经纪人的考试，此后不久蒂比做的调料瓶就失踪了。

“酸奶！我要酸奶！”尼奇嚷了起来。

蒂比的母亲叹了一口气。她正在给快要睡着的凯瑟琳喂奶。“蒂比，能不能给尼奇拿酸奶？”她有气无力地问道。

“我还在吃饭呢。”蒂比非常不满。蒂比最恨爸爸晚上加班，这个时候妈妈总希望蒂比帮她照顾孩子。好像是蒂比要她生孩子似的，这真让人讨厌。

“好吧。”蒂比的母亲站起身来，一把将凯瑟琳扔到蒂比的膝盖上。凯瑟琳开始放声大哭。蒂比忙将奶瓶重新塞到她的嘴里。

在蒂比很小的时候，爸爸做过记者、公共辩护律师，他还种过一段时间的有机蔬菜，那时他晚上总会回来吃饭。可到了后来，妈妈开始卖房子了，她待在别人家豪华漂亮的大房子里，眼巴巴地盯着别人的奢侈品。这时，爸爸就开始在私人律师事务所工作了。现在他每天半夜才回家。生这么多孩子却不回家，蒂比真不知道他是怎么计划的。

爸爸妈妈以前总喜欢谈论极简主义，可现在他们的钱似乎都用来买新东西了。而他们又没有什么时间细细把玩。

尼奇把两只手塞到酸奶里，然后吮吸手指。妈妈一把夺走酸奶，尼奇开始号啕大哭。

蒂比想跟妈妈讲贝莉和她得白血病的事，可妈妈根本没时间聊天，一直都是这样。

她上楼回房间给相机重新充电。电脑还在休眠，胶带下的电脑开关一闪一闪，像缓慢的心跳。

以前，蒂比整晚都会和朋友们在线聊天，电脑总会闪个不停，电脑提示音也会不断地响。可今晚她们都在远方。电脑开关活像一张嘴，胶带把这张嘴堵住了。

“嗨，咪咪。”她说道。咪咪正在睡觉。蒂比在咪咪的碟子里加了一点食物，再给它换了水。咪咪仍然没有醒。

然后，蒂比就开着灯、穿着衣服打瞌睡，她的思绪开始慢慢地飘啊飘，满脑子都是老年人用的纸尿裤、止汗露、消毒纸巾、无菌肥皂、大吸量卫生巾，还有贝莉倒在一片狼藉的地上。

“你的男朋友来了。”戴安娜说道，她看到埃里克走上了露台。

布丽吉特视线紧跟着他，心中暗暗呼唤：“向上看，你快向上看。”

他向上看了。然后他迅速地移开目光，布丽吉特差不多心满意足了。他注意到她了，这已足够。

埃里克在露台的另一边找了把椅子坐下。布丽吉特狼吞虎咽地吃着意大利千层肉酱面，她快饿死了。她喜欢训练营提供的大份食物，像她这样的女孩还真少见。

“他在纽约很可能有女朋友。”一个叫萝西的女孩说道。

“那我们等着瞧。”布丽吉特不服气。

戴安娜捅了捅她的胳膊。“布丽吉特，别傻了。”

艾米丽摇头道。“别痴心妄想了，你会惹上大麻烦的。”

“谁说的？”布丽吉特问道。

戴安娜换上了一副弗洛伊德式的表情，仿佛在给她做心理分析。“不管怎么说，惹麻烦是一件很爽的事，不是吗？”

“哦，这可不是我的目的。”布丽吉特抢白道，“你们没看到他有多帅吗？”

她站起来走到自助餐台前，准备再去拿一份千层肉酱面。为了能走到埃里克身边，她故意绕了个大圈子。她知道朋友们会盯着她。

布丽吉特走到埃里克身后停住了。埃里克正在和副教练马西聊天，她在一旁等他们聊完。布丽吉特探过身子，餐厅太吵了，所以她挨着埃里克的耳朵是完全可以理解的。布丽吉特凑上前时，一缕发丝垂下来，掠过他的肩膀。“练习赛什么时候开始？”她问道。

埃里克几乎不敢回头。“十点。”

布丽吉特让他紧张了。“好，谢谢了。”她直起身子，“我们会把你们痛扁一顿的。”

埃里克这才终于回头看她，他的脸上有惊讶，甚至还有几分愤怒。不过他很快就读懂了布丽吉特的表情——原来她只是在开玩笑而已。“那就等着瞧吧。”至少他笑了。

布丽吉特走到自助餐台，迅速瞥了一眼她的朋友们，她们悉数心悦诚服。“哈。”布丽吉特用口型对她们说。

亲爱的卡门：

宿舍里女孩们认为我和埃里克有戏的比例已经上升到了四成。我现在很会调情，而且还有点小坏。你也许会笑吧。一个身在千里之外、被困在海边的女孩百无聊赖，除了调情还能干什么？

我们最近去了穆莱赫观光。穆莱赫是距离这里最近的小镇，它也是埃里克母亲的家乡。我们去看了一座超大的修道院和一所监狱，它叫“无锁监狱”，那里的犯人白天在农场干活，晚上回牢房睡觉。

希望你和阿尔伯特在一起开开心心！

爱你的布布

莉娜只能再保留牛仔裤一天了，她得好好利用牛仔裤。到现在为止，她仍然还是那个乏味的莉娜——孤僻、循规蹈矩、小心翼翼，尽量不和别人多说话。总而言之，她作为魔法牛仔裤首位保管人，相当不称职。

不过，她今天决定冒一次险——她得做点什么。她不能让朋友们失望，不能让牛仔裤失望，哦，也不能让自己失望。

她往上走，一直往上走，登上了悬崖顶，上面是一块平地，这里的视野很开阔。远处的山峰此起彼伏，这意味着还有更高的悬崖扎入海底。不过这里的地势较为平缓。悬崖上面只有岩石，寸草不生，但下面有大片的葡萄园和草甸，郁郁葱葱地漫上来。这里热浪袭人，阳光也更毒辣。

莉娜走了几百米之后终于发现了一小片清凉的树荫，她不禁想道："这就是牛仔裤带给我的好运吧。"这是一片橄榄树林，这里的树枝繁叶茂，银绿色的叶子在阳光下闪闪发光。橄榄树还很小，它们还只是婴儿，在这里生存太艰难了。不过，莉娜在树林的一隅发现了一处小小的泉池。它安安静静地躲在这里，与世无争，就好像她的私人领地。莉娜觉得自己是第一个发现泉池的人，她甚至觉得在穿上魔法牛仔裤来这里之前，这片泉池应该从不曾存在过。她迫不及待地架起画架开始画画了。

等到烈日当空的时候，莉娜从头到脚已被黏黏的汗水浸透。热浪袭来，她开始头昏眼花。汗水从浓密的黑发上一滴一滴滑落，再流到鬓角上、脖子上。她真希望自己出门的时候戴了帽子。她渴望地看了一眼泉池，不禁希望自己带了泳衣。

莉娜环视四周，周围一个人都没有，也没有房屋或农场。背上的汗如溪水一般流淌着，她必须得跳到泉池中清凉一下。

莉娜缓缓褪去衣物，就算只有她一个人，她还是很害羞。“我居然在这里脱衣服，真是太不可思议了。”她把脱下的衣服堆在一起，只穿文胸和内裤。她本想穿着内衣裤下水，可这似乎保守得过分了点。她看了一眼那条牛仔裤，它似乎在给她下挑战：“把衣服脱光，快！”

莉娜步入泉池，忍不住长叹了一声“啊——”听到自己的声音这么响，真的是很有意思。莉娜喜欢把自己的想法和体会深埋于心底，从不轻易表露。即使在电视里看到让人笑到肚子痛的内容，她也不会大声笑出来——即使是一个人时也不会大笑。

莉娜一头扎入水中，在水下游了很长时间才再次探出头来。她只将脑袋伸出水面，懒洋洋地随波漂流。阳光洒在脸上、眼睛上，感觉暖暖的。她“嗖”的一声溅起了一汪清泉，水花洒了一身。

“这是我生命中最完美的一刻。”莉娜这样想道。她觉得自己像遗世而独立的古希腊女神。

她闭上双眼，摊开双臂，脑袋向后倾斜，就这样轻轻漂浮。她的身体变得柔软轻盈，不再有任何一丝压力。她可以就这样一直漂着，直到日落，直到再次日出，直到八月，甚至直到永远……

突然，莉娜听见草丛中有“沙沙”的声音，她全身的肌肉顿时绷紧了。刹那间，她就脚踩在池底的鹅卵石上站起身来。

她急促地呼吸着。这里有人，她看见树后面躲着一个影子。是人？还是野兽？它是不是圣托里尼岛上可怕的食人兽？

宁静被打破了，再也不复存在。她的心狂跳起来，几乎快要冲出胸膛。

恐惧告诉她应该重新躲回水下，可更大的一阵恐惧袭来，她觉得自己应该逃跑。她冲出泉池。那个影子出现了。

是卡斯托斯。

莉娜直勾勾地盯着卡斯托斯，更糟糕的是，卡斯托斯也在直勾勾地盯着她。她已完全石化，过了好一会儿才回过神来。

“卡——卡斯托斯！”她尖叫道，声音变得嘶哑尖厉，“你——你在干什么——”

“对不起。”他说道。他应该移开目光，可他没有。

莉娜跨出三步走到衣物旁，她抓起衣服遮住身体。“你是不是在跟踪我？”她几乎又要尖叫起来，“你是不是一直在偷看我？你在这里待了多久？”

“对不起。”他又一次道歉，接着咕哝了一通希腊语，然后便转身走了。

莉娜浑身上下都湿透了，她胡乱套上衣服。盛怒之下，她把画画的工具往背包里乱扔一通，刚才画的画也许已经被毁了。莉娜大步跨过草地，径直向悬崖走去。她的思绪乱成一团，怎么也理不清。

他居然一直在跟踪他！他很可能……莉娜把牛仔裤里外都穿反了。他怎么敢那样盯着她！她一定要……

等快到奶奶家时，莉娜才发现自己的衬衣扣子扣偏了两颗，结果全扣错了，而且在泉池水和汗水的双重夹攻下，衬衣紧紧贴着身体，简直像是透视装。

莉娜"砰"的一声推门闯进家里，把背包往地上一扔。奶奶忙冲出厨房，她看到莉娜简直吓呆了。

"莉娜，我的小羊羔，你这是怎么了？"

看到奶奶一脸焦急的样子，莉娜恨不得大哭起来。她的下巴颤抖起来，就像她五岁时一样。

"怎么了？快告诉我！"奶奶连忙追问。她看到莉娜的裤子都里外穿反了，而且衬衣的扣子还扣错了，顿时目瞪口呆。

莉娜一时语塞，她的思绪一团糟，无法说出个一二三来。"卡……卡斯托斯根本不是个好人！"她气得浑身发抖，好不容易才吼出一句。然后便狠狠地踩着楼梯回房间了。

有时你是挡风玻璃，

而有时，你是撞死在玻璃上的飞虫。

——马克·诺弗勒

9

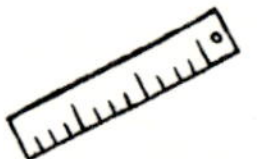

卡门看到克里丝塔正坐在餐桌旁狂赶作业。克里丝塔报了暑期学校的几何课，这样读高三时便可以轻松一些了。卡门只觉得不可思议，又不是准备加入门萨协会[1]之类的组织，用得着这么用功吗？

“准备好了吗？”爸爸一边在卧室里穿网球运动装，一边问卡门。

“马上就好。”卡门回应道。其实她二十分钟前就准备好了。

克里丝塔不断地用橡皮擦作业本。作业本已经伤痕累累，她不停地吹橡皮屑。她做题艰难的样子像个三年级的小学生。卡门开始同情心泛滥，不过她很快就控制住了自己。但她还是忍不住看了一眼试卷上的题目。她九年级时学过几何课，身为数学天才，几何差不多是她最喜欢的课程。克里丝塔碰

---

1 门萨（Mensa）是世界顶级智商俱乐部的名称，一九四六年成立于英国牛津，创始人为律师贝里尔和科学家韦尔。现在门萨已成为一个国际性的组织，在一百多个国家和地区拥有大约十万名会员。

到一道证明题卡壳了。卡门坐在桌子对面瞥上一眼，就知道该如何解题了，对她来说这不过是小菜一碟。卡门居然想做那道证明题，这真是诡异之极。她的手指兴奋得发抖，差点就要碰到铅笔了。

卡门听到莉迪娅在房间里没完没了地打电话，一听就是和婚礼有关的。卡门猜她在和婚宴承办人说话，因为莉迪娅总是不断地提到“迷你舒芙蕾”。

“完全准备好了吗？”爸爸在问她，他穿着印有“威廉姆斯学院”字样的T恤和白色的网球短裤出现在厨房门口。

卡门立刻精神抖擞地站起身来。她在这里度过了漫长的五天，今天才第一次有机会和爸爸一起出去。她几乎觉得和爸爸在一起是一种恩赐了，这真有点可笑。

卡门出门的时候叹了一口气，她只是舍不得扔下那道几何证明题。

她刚一出门，就突然意识到——如果克里丝塔不是那个女人的女儿，如果克里丝塔和爸爸没有任何关系，她肯定会问克里丝塔是否要她帮忙的。

亲爱的布布：

今天下午那个骷髅精又来了。只要保罗在家，她也基本都在这儿。我生活中唯一的乐趣就是折磨这个白痴了，真悲哀啊！今天我穿着一条四角短裤和一件超短的紧身背心，我故意去敲保罗的门借指甲剪。很显然，保罗恨我入骨，但他从来不说，所以我也很难确定。虽然我知道保罗不可能喜欢我，我也知道我破坏不了他和那个骷髅精的感情。但那个骷髅精却会狂吃醋，我简直要笑死了。

虽然我现在很邪恶，不过心里还是留了一小块柔软的地方给你们。亲爱的布布，我想死你们了。

卡门

不知道为什么，贝莉第二天出现在了渥曼。

“你来这里干什么？”蒂比劈头问道，她一下子忘了应该对贝莉友好一点。

“我想我应该再给你一次机会。”贝莉说道。她穿着的工装裤和蒂比前一天穿的那条样子差不多，上身穿的是连帽卫衣，眼睛上还涂了黑色的眼线。看得出来，她想打扮得成熟一点。

“你什么意思？”蒂比含糊地问，假装听不懂。在贝莉面前，蒂比反倒成了不坦诚的那个，这让她有点讨厌自己。

贝莉不耐烦地翻了个白眼。“给你一次不做讨厌鬼的机会。”

蒂比没忍住脾气，顿时火冒三丈，对着贝莉就吼起来：“这里到底谁是讨厌鬼？”

贝莉笑了。“嘿，听着，你的工作服是均码的吗？”

“是啊，你想穿吗？我可以借给你。”蒂比问道，她觉得贝莉脸上的表情很好玩。

“不，这衣服丑得要命。”贝莉实话实说。

蒂比大笑起来。“这衣服是双层的，它是用石油做的。”

“不错。要我帮忙吗？”贝莉问道。

蒂比正在堆盒装卫生棉条。“你想在渥曼上班吗？”

“不，我只是觉得内疚，上次我把你摆好的除臭剂撞倒了。”

“那是止汗露。”蒂比纠正她。

“知道了。”贝莉说道，她开始帮忙。“嗯，你会把那件工作服脱掉吗？还是说你一天二十四小时都穿着它？”

蒂比生气了。她受不了贝莉老拿这件工作服开玩笑。“你可不可以别再拿这件工作服说事了？”她怒气冲冲地吼道。蒂比想谈谈贝莉的刺绣，她妈妈以前就很擅长这个。

贝莉看起来很开心。“好吧。”她把眼睛上的乱发拂开。“下班后我可以请你吃冰淇淋或别的什么东西吗？你知道，我只是想感谢你没把我全部的钱都偷光。”

蒂比不想和一个十二岁的小屁孩出去玩，但另一方面她也想不出什么拒绝的理由。“当然可以，我觉得没问题。”

“很好。”贝莉说道，“你什么时候下班？”

“四点。”蒂比面无表情地答道。

“那我们到时候见。”贝莉说完就准备转身离开了。“你是不是因为我有癌症才对我这么好？”她又回头问蒂比。

蒂比想了一会儿。她可以撒谎，也可以不撒谎。她耸了耸肩。“是的，我想是的吧。”

贝莉点点头。“哦。”

很快，蒂比就知道了和贝莉交往的底线。这一点都不难，它只有两条：一是不能撒谎，二是不能问她是否难受。

除了这些之外，她们可以聊冰淇淋布朗尼、巧克力酱布朗尼，聊任何东西。蒂比谈到她正在筹划开拍的纪录片时，她发现自己居然可以兴致勃勃、毫无保留地跟贝莉谈，这真是太不可思议了。贝莉似乎听得入迷了，不过蒂比见怪不怪，觉得蒂比很酷的人可太多了。

蒂比不得不开始反思——她是不是太想念朋友们了，甚至超乎了自己的想象？她是不是寂寞得发疯，才会对一个刚认识的十二岁讨厌鬼这样真诚？

贝莉似乎也有同样的疑问。“你有朋友吗？”她一度问道。

“有。”蒂比一脸戒备。可当她开始大谈她那三位既聪明又漂亮、天上有地下无的朋友，以及她们夏天去过的一些有趣的地方时，她突然意识到——这一切太完美，完美得像假的。

“你的朋友在哪里呢？”蒂比最后也发问了，她把皮球又踢了回去。

贝莉絮絮叨叨地讲了一大堆，讲她的朋友麦迪（现在住在明尼苏达州）还有一些其他人。

蒂比一次抬头时，蓦然看到塔克·罗站在柜台边。她的心开始狂跳起来。塔克是他们班唯一在家过夏天的学生吗？她发现，塔克在一家时髦的独立唱片店打工，那家店和渥曼共用一个停车场。它和渥曼之间只隔四家店，过了“汉堡王”、比萨店和宠物店就到了。虽然不一定总会遇见他，但两人见面的概率却相当高。他们已经见过一次了。

有些人喜欢找机会“偶遇”暗恋的人，可蒂比却只会想尽一切办法逃避。她很多次都看见塔克在购物中心后面停车，所以她总是故意把自行车停在购物中心前面，效果似乎还不错。不过这次是例外，这间冰淇淋店正好在宠物店的另一边，他们又见面了。蒂比暗骂自己失策。

塔克一副无精打采的样子，眼睛都睁不开似的，好像刚刚从床上爬起来。他很可能整晚都在“九点半”俱乐部厮混，而蒂比昨晚只是待在家养精蓄锐，准备第二天在渥曼好好上班。她真心希望塔克只会以为贝莉是她的妹妹，千万不要把她当作自己新交的好友。

“你怎么紧张得脸都变形了？”

蒂比瞪了贝莉一眼。“你什么意思？”

“你知道的，你一紧张，腮帮子都缩进去了。”贝莉夸张地学她的表情。

蒂比的脸开始发烫。“我没有。”她什么时候开始爱撒谎了？蒂比一向都直来直去，对自己尤其坦诚，并为自己的真性情而自豪。但贝莉比她还直率，直率得近乎残酷。这不免让蒂比有点畏畏缩缩，可平日里蒂比最恨别人在她面前这样。

贝莉仍然不放过她。她的眼睛像老鹰一样扫射着柜台边。“你喜欢他？”

蒂比本想佯装听不懂贝莉的意思，但她克制住了。“他很不错。”蒂比扭扭捏捏地承认。

“你真这样想？”贝莉似乎不大相信，“你看上他什么了？”

“我看上他什么了？”蒂比顿时怒上心头，“你没长眼睛吗？”

贝莉毫不掩饰地盯着他。虽然蒂比很讨厌一些女孩子忸怩作态的“规矩”，例如“别让他发现你在看他”，但贝莉这样让她很难堪。

“我觉得他一脸蠢相。”贝莉发表意见。

蒂比翻了翻白眼。“哦？真的吗？”

“他是不是真的以为那对耳环很酷？我说啊，你再看看他的头发，真不知道涂了多少发胶。”

原来塔克花很多时间扮酷，但蒂比从来没有意识到。是的，他的头发生硬地高高耸起，很不自然。不过就算这样，蒂比也不愿意承认贝莉是对的。

“呃，我没有冒犯你的意思，可你才十二岁，你甚至还没到青春期。你对男人的判断还不成熟，请恕我无法接受。”蒂比刻薄地说道。

“我一点也不生气。”贝莉说道，她非但不生气，而且还很高兴，“我有一个想法。等我哪一天找到一个很好的男孩，你再告诉我你的看法。”

“一言为定。”蒂比一口应允。不过她已决定不再和贝莉来往，所以贝莉也不会再有机会给她指认这个好男孩。

“哇哦。”戴安娜的目光从书上移开，“布布摆着一张凶巴巴的脸喽。”

“我没有。”布丽吉特矢口否认，她完全是在抵赖。

奥莉坐在床上跷着二郎腿。宿舍里的很多姑娘都已换上了睡衣。“你准备‘夜袭’教练的宿舍吗？”奥莉问道。

布丽吉特饶有兴趣地挑起了眉毛。“这主意其实挺不错的，不过我想的不是这个。”

“那你想的是什么？”戴安娜摆出一副无所不知的样子。

“三个字，哈仙达。”哈仙达是穆莱赫唯一的一间酒吧，布丽吉特听说教练们晚上会去那里。

“我觉得我们不能去。”艾米丽说道。

“为什么？”布丽吉特不服气，“奥莉有十七岁，莎拉·斯内尔十八岁。我们这里差不多有一半的人秋天都会上大学。”布丽吉特不属于她们中的一员，但她觉得没必要提这个。“这里又不是杰志训练营[1]，九点后连手电筒都不许开。我们就去吧。墨西哥甚至都没有法定的饮酒年龄限制。”其实布丽吉特只是随口说的，她自己都不知道对不对。

“明天要打第一场练习赛。”萝西提醒她。

---

1 杰志足球俱乐部的训练营。

"那又如何？出去疯一下，明天会发挥得更好。"布丽吉特又开始胡说八道。这种话就像"多喝酒开车会更安全""嗑药会让你的物理学得更好"一样荒谬，可谁管它呢？布丽吉特现在冲动的劲头上来了，便什么都不管了。

"我们怎么去？"戴安娜问道。她很实际，但绝不懦弱。

布丽吉特想了一会儿。"我们可以偷一辆面包车，也可以骑自行车去。我想如果骑得快的话，差不多半个小时就到了。"布丽吉特还没有驾照，她不敢主动说出来。

"我们骑车吧。"奥莉说道。

布丽吉特顿时热血沸腾。她做不该做的事时总是很激动。

戴安娜、奥莉和萝西加入了布丽吉特的行列，其他人还是决定待在宿舍。

她们飞快地换好衣服。布丽吉特找戴安娜借了一条裙子，戴安娜的个子和她差不多高。布丽吉特带的衣服都太男性化，穿着像假小子似的。她只能怪自己失策。

四个姑娘骑车沿着下加州的高速公路一路飞驰，像风一般超过一辆辆蜗牛一样慢的休闲房车。布丽吉特不断地撞戴安娜的后轮，戴安娜尖叫起来。左边是宁静的海湾，右边是绵延起伏的山，一轮满月落在布丽吉特的肩头。

酒吧里的音乐震耳欲聋，隔大老远都能听得一清二楚。"哇哦！"布丽吉特大声欢呼。她们迫不及待地一起挤到门前。

"听着。"奥莉说道，"如果康妮在这里，我们就马上走人。除了她之外，其他人都不会说什么。去年年底我们来过几次，没有一个教练管我们。”

奥莉自告奋勇去探路。她偷偷摸摸进去后，很快就出来了。“里面人太多了，我没看到她。如果她出现，我们就走人。”她望着布丽吉特，用征询的口吻问道：“这样没问题吧？”

“没问题！”布丽吉特深表赞同。

“不管埃里克在不在里面，我们都进去吗？”

“我说了没问题！”

布丽吉特去过的酒吧不多，不过每次去情况都差不多。所有的目光——至少是所有男人的目光——都集中在她的头发上。也许酒吧的灯光加上酒精的作用，让布丽吉特的秀发在他们眼中格外闪烁。

她们向舞池走去。布丽吉特对酒不感兴趣，但她喜欢跳舞。她抓住戴安娜的手，一起走向人挤人的舞池。对她而言，跳舞就像足球、迷你高尔夫或拉米纸牌游戏，都不过是小菜一碟。

布丽吉特随着莎莎舞的舞曲轻轻摇摆。舞池里叫声、嘘声响成一片，男人们都睁大了眼睛，布丽吉特怀疑是冲着她或她的头发来的。她只想找埃里克。

一开始她没看见他，所以只能专心跳舞。后来，她看到埃里克和几个教练坐在离舞池很远的一张桌子旁。桌上堆满了硕大的玛格丽特酒杯，杯口上粘了一层细盐，不过杯子差不多都是空的。

埃里克正盯着她。他还不知道布丽吉特已发现他了，布丽吉特也不想让他知道。她倒不是害羞，她只是想让他无所顾忌地盯着她。

他一脸含情脉脉的样子，也许是因为晒了太阳，也许是因为跑步了，不过更有可能是因为龙舌兰酒。他歪着脑袋看人的样子很性感。

男人们围着她舞动起来，但她情愿只粘着戴安娜。几分钟过后，奥莉拿着一瓶啤酒加入了她们。

奥莉看见了坐在桌旁的教练们，向他们挥手。马西也挥手致意。而埃里克和另外一个教练罗宾则摆出一副“我们什么都没看到”的表情。

不过等教练们又喝完一轮玛格丽特酒之后，他们也来到了舞池。这不免让布丽吉特欣喜若狂。她觉得跳舞的感觉妙不可言，和跑步一样畅快淋漓。她再也抵挡不住埃里克的魅力了。

她一步一步舞向埃里克，越来越近。布丽吉特不小心碰到了他的手。她盯着他舞动的臀部，他的舞姿娴熟自然，看得她挪不开眼睛。这一次，埃里克的目光没有躲闪。

布丽吉特把手放在埃里克的腰间，和他依偎在一起。第一次和心爱的人靠得这么近，布丽吉特甚至可以闻得到他脖子上的气息。埃里克的嘴唇碰到了她的耳朵，她浑身一麻，仿佛电流通过全身。

埃里克把她的手从自己的腰上轻轻移开。他凑近她的耳朵低语道：“我们不能这样。”

莉娜一下子扑到床上，自顾自地生闷气，几乎气得爆炸。过了一会儿，她听见楼下有人小声说话，接着又响起了咆哮声。沉默寡言的爷爷居然会咆哮？莉娜立刻跳下床把湿衬衣脱下，换了一件干衣服。然后她猛地脱掉牛仔裤，把它翻到正面再穿上。莉娜的手指不住地颤抖。楼下发生什么事了？

莉娜下楼一看，发现爷爷的脸几乎已涨成青紫色，他正怒气冲冲地走向前门。奶奶紧张不安地跟在他身旁，似乎在劝他，可她说的全都是希腊语。奶奶的劝说似乎完全不起作用，爷爷夺门而出，径直向山下冲去。

刹那间，莉娜有了一种不祥的预感。她也跟在他们后面。她知道爷爷会去杜纳斯家。果不其然，爷爷站在杜纳斯家门口停住了，他野蛮地把门拍得震天响。

卡斯托斯的爷爷打开门。这位老人一看到爷爷的表情，顿时大惊失色。老卡利加瑞又咆哮起来。莉娜听见他有几次都怒气冲冲地喊“卡斯托斯”，但除此之外她就听不懂了，只知道爷爷在发火。奶奶缩在爷爷身边，看得出来她很害怕。

老杜纳斯的表情渐渐地从困惑变为愤怒，他也开始咆哮了。

“噢，我的天！”莉娜自顾自地咕哝道。

突然，爷爷开始不顾一切往杜纳斯家里硬闯。奶奶跑过去拉他，老杜纳斯也堵在门口。莉娜听见爷爷用希腊语吼了一句，里面有“卡斯托斯”这个词。

莉娜觉得他肯定是在问“卡斯托斯在哪里”。很快，卡斯托斯就出现在他爷爷的身后，他神情紧张，看来是被弄糊涂了。很显然，他很想找莉娜的爷爷解释一番，但他的爷爷阻止了他。

爷爷挥舞着瘦长的手臂，拿出拼命的架势要把老杜纳斯推开，莉娜在一旁看得心惊肉跳。老杜纳斯怒眼圆睁，他也推了爷爷一把。就在这一刹那，爷爷抡起了拳头重重地打在老杜纳斯的鼻子上。

莉娜大惊失色。奶奶尖叫起来。

两位老人又继续扭打在一起，最后还是卡斯托斯赶来制止了他们。卡斯托斯气得脸都发白了，他大吼一声“住手”，终于把他们两人分开了。

亲爱的爸爸：

你可以帮我多寄几件衣服过来吗？我要第三个抽屉里的背心和吊带裙，还有黑色泳衣（两件套），以及第四个抽屉里的半裙（一件是粉红色的，另一件是绿松石色的）。

我还是很喜欢这里。我们今天要踢第一场练习赛，我是首发。星期六我再给你打电话。代我向佩里问好。

爱你的布布

如果你觉得一切都在掌控中，那只能说明你还不够快。

——马里奥·安德雷蒂

10

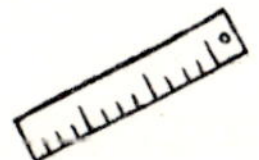

“要结婚了你高兴吗？”爸爸开车的时候卡门问他，她希望自己的语气没有一丝敌意。

“噢，当然。”爸爸说道，“我快等不及了。”他慈爱地看着卡门，“你能参加我的婚礼真是太好了，宝贝。”

卡门开始内疚起来。她为什么总是这样？她为什么就不能消除敌意，与人为善呢？“希望你喜欢迷你舒芙蕾吧。”她也不知道自己为什么会这样说。

爸爸点点头。“莉迪娅会安排好一切。”

“看得出来，她为这婚礼花费了不少时间。”卡门淡淡地说道。她既希望爸爸听得懂她的讽刺，又希望爸爸听不懂。

“这对她很重要，她希望每一个细节都完美无缺。”

这时，一个恶毒的问题在卡门的脑海里一闪而过，她很想问爸爸这一切谁来买单。

“她第一次结婚没有举行婚礼。”爸爸继续说道。

卡门的脑海里顿时涌现出种种丑闻。未婚先孕？私奔？“为什么没办呢？”

“她本来和她母亲筹备好了一场盛大的婚礼，可就在婚礼前六周，她母亲突然去世了。莉迪娅哭得死去活来，最后出席她婚礼的只有两个证婚人和一名地方执法官。”

卡门不由得心生同情，满肚子的怨气刹那间消失了。“真可怜。”她低声叹息。

“现在她有机会了，我真心希望能给她一个完美的婚礼。”

“是啊。”卡门喃喃自语。她想了一会儿。“她的前夫呢？”

“他们四五年前就离婚了。那个男人是个酒鬼，做了很多次戒酒治疗，但总戒不了。”

卡门又叹了一口气。这真是太不幸了。她实在是不想同情莉迪娅，可要讨厌她也很难。唉，可怜的莉迪娅，先是母亲去世了，然后又嫁给了一个酒鬼丈夫；还有沉默寡言的保罗，居然有这样一个自甘堕落的父亲。一想到这些，卡门就觉得保罗的沉默可能是因为麻木。而克里丝塔，她显然对卡门的父亲充满了崇敬之情，毕竟卡门的父亲可靠得多，他待人和善又能干……他们能和阿尔伯特一起过上新的生活，该是多么的感激啊！

卡门暗暗对自己说，等回家后一定要对莉迪娅微笑，还要友好地和她聊天，至少问她两个和婚礼有关的问题。

“嘿，我们能在这里先待一会儿再去打网球吗？保罗这个夏天在足球联盟踢球，今天他决赛。我答应过他要来看几分钟的。”

“好！”卡门不耐烦地吼道，满肚子的火一下子又“腾”地上来了。

破晓时分，布丽吉特独自在水中游来游去，她一激动就睡不着觉。她游到了很远的地方，可还是没有见到传说中的海豚。于是布丽吉特开始往回游，绕过一处将营地所在海滩和郊狼湾分隔开来的海岬。沙滩上零星停着几辆休闲房车，真扫兴！

布丽吉特游回海滩，一上岸便倒在沙滩上，不知不觉昏睡了一两个小时。再到后来，球员们赶着吃早餐的声音吵醒了她。她迅速奔回宿舍换好衣服。每天这个时候她总是饥肠辘辘。

布丽吉特端着三包果脆圈、两盒牛奶和一根香蕉穿过露台，坐在了戴安娜身边。

“你难道不睡觉吗？”戴安娜问她，“你早上去哪了？”

“游泳去了。”布丽吉特答道。

“一个人？”

“很不幸，是的。”

她四处张望寻找埃里克——他不在餐厅。他昨晚喝醉了吗？还是说他在研究球赛的战术？一想起昨晚和他跳舞的场景，布丽吉特就不禁脸红起来。“我们不能这样。”他是这样说的，他没有说“你不能这样”。

“我们去热一下身吧。”她对戴安娜说。

第一场练习赛九点开始。一队“野驴”已和二队“灰鲸”

干过一仗了，“野驴”队赢了两个球。三队最近给自己起了“玉米卷”的别称，而四队“椰树”则在另一个足球场训练。

埃里克和马西以及几个球员正在讨论战术，布丽吉特坐在场外看他。

布丽吉特把钉鞋的鞋带系紧。有个著名的老演员（布丽吉特不记得他的名字）曾说他喜欢用鞋子来表现性格。布丽吉特最喜欢钉鞋，她喜欢穿着钉鞋在更衣室里走，它不但让她高了几厘米，还让她走每一步都有响声。她也喜欢穿着钉鞋在绿茵场上纵横驰骋。钉鞋脏兮兮的，破旧不堪，但很合脚。她穿着钉鞋走起路来像个运动型肌肉男，这点她也喜欢。

布丽吉特一直盯着埃里克，终于等到他的回眸一望。她展颜一笑，但他面无表情。“你们今天都会死得很惨。”布丽吉特咬牙切齿地发誓道，不过她身边似乎没人听得到她的心声。

她的球队教练莫莉·布莱文召集球员了。

布丽吉特戴上护胫，用橡皮筋把头发扎好。奥莉和艾米丽相互击掌打气，并肩走入队伍。这是她们球队的第一次比赛。

莫莉开始宣读出场位置，不过这纯属多余，队员们早就知道这些了。布丽吉特上下跳动着做热身运动。

“玉米卷队，听着！我只关心传球。”莫莉强调道，“我是认真的，我不管你们在这场练习赛中做什么，我只关心传球。你们得把球抢过来再传出去。”她说这话时为什么要盯着布丽吉特呢？

队伍最后在球场上集合了。布丽吉特路过戴安娜时，在戴安娜的腰上捏了一把，戴安娜吓得跳了起来。“你死定了。”布丽吉特像个五岁的孩子一样挑衅道。她站在中场的位置，只等一声令下。

布丽吉特需要找准一个目标。她深知自己精力过人，但她的才能未经雕琢，不成系统。几乎在人生的每个转折点，她都需要找准一个单一的目标，只有这样才能心无旁骛地迅速前进。不然她很可能会后退，她可不愿意这样。

今天布丽吉特的目标是埃里克，她想要向他表现自己的才能。埃里克就是她唯一的目标，有他在，她全身的每个细胞便能进入最佳竞技状态。

开球了，布丽吉特热血沸腾。她闪电般地从多丽·瑞恩丝脚下把球抢过来，一直往前踢。她找好角度，准备抽射。布丽吉特越过两个后卫，把球传给了前锋亚历克斯·科恩。亚历克斯再运球把它回传给布丽吉特。

布丽吉特已站好了位置，时间顿时慢了下来。她有时间做选择。她甚至还有时间估算进球的角度和守门员的反应。布丽吉特收腿飞起一脚——球飞起来了，正好越过了守门员的脑袋。队友们冲过来拥抱她，她几乎被压得喘不过气来。透过队友们身体的缝隙，她看见了埃里克。他正站在场外和替补队员说话。布丽吉特发誓要吸引他的目光。

她会不断地重创四队，直到埃里克注意她。她接连不断地抢球。布丽吉特的发挥很不稳定，心情好的时候神勇无比，而心情不好的时候则会连踢臭球，一衰到底。今天，她的发挥异常出色。她连续带球过人，倒显得其他发挥稳定的优秀球员水平不佳，仿佛不属于球场似的。

“传球，维兰德！”莫莉对她大叫。布丽吉特正在兴头上，她才不会听这样的废话。球员在球场上，就应该信任她。球在她的脚下，她爱怎样就怎样。

布丽吉特还是听莫莉的传球了。可球又很快回到她的脚下。她的队友已经见识到了她的厉害了，不过教练还没有意识到。布丽吉特又进球了。这是第三球还是第四球？

莫莉一脸怒气。她对裁判打了一个手势，裁判开始吹哨。“替补队员上！”莫莉喊道，“维兰德，你下场！”

布丽吉特也气鼓鼓地走下场。她昂首阔步地走到场外，一屁股坐在草地上，用双手托着下巴。她甚至一点都没觉得累呢。

莫莉走过来说：“布丽吉特，这是练习赛。每个人都应该有机会踢球。在我看来，这一点最重要。我知道你是个超级英雄，不过其他人也是，明白了吗？省着点劲，等决赛时再拼命吧。”

布丽吉特低下头。突然之间，她一阵胸闷，整个人几乎快要崩溃了。她很想大哭一场。

现在她明白了，刚刚真的不该用力过猛。可她为什么就停不下来呢？

亲爱的蒂比：

烤虾饼、渍鲑鱼片（这是什么鬼东西？）、香脆菠菜和烧猪腰。还有花艺摆设，得放晚香玉（这是什么？）和木兰（她最喜欢的花）。我还可以继续再写四十五页，蒂儿，不过我还是放过你吧。这个地方的人成天就谈这些东西——我指的是一开口就说这些。我快被逼疯了。我爸爸怎么招惹上他们了？

爱你的卡门

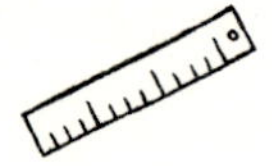

“哪个是你的？”卡门听到一个男人这样问爸爸。

她闷闷不乐地站在离场地几米远的地方。保罗是球队的大英雄。卡门在场外只待了八分钟，就已经看到保罗进了两个球。爸爸欣喜若狂。那个骷髅精就待在离守门员不远的地方，她今天打扮得比空姐还精致，在那儿神经质地欢呼，不过每隔几秒钟会停下来给卡门一个白眼。

“哪个是我的？”爸爸重复道，他似乎没听懂。

“哪个是你儿子？”那个男人换了一种问法。

爸爸犹豫了一会儿，不过很快就恢复正常了。“保罗·罗德曼，他是前锋。”爸爸指着保罗。

卡门感觉一股寒气从脊背冒上来，一直涌到头皮。

“他可是个天才球员。”那个男人说道，他转头对着爸爸继续说，“他的身材很像你。”他说完便沿着球场追着球看去了。

“他的身材怎么可能像你？他又不是你的孩子！”卡门很想用尽气力尖叫出来，“我才是你的孩子！”

爸爸走过来，搂住卡门的肩。可这种感觉已经远不如五天前那么温馨了。

“现在你有了你一直都想要的儿子。”卡门愤恨地想道。她知道爸爸一直都想要这样的儿子。他怎么可能不想呢？他有一个脾气暴躁的前妻，老是闷闷不乐的女儿和四个疯疯癫癫的姐妹。现在，这里有一个身材高大、沉默寡言、性格单纯的男孩，连身材都和他一模一样。

卡门一阵反胃。保罗又进了一球。她讨厌他这么优秀。

卡门的球踢得很烂。六岁时她曾在儿童足球联盟踢过球，那时她在场上几乎跑断了腿都没碰到球。爸爸也跟着她看了所有比赛。

“比赛很刺激，不是吗？”爸爸问她，“我们可以看完这半场吗？”

“谁？我吗？当然可以！”她的尖酸刻薄并没有达到预期的效果。

“好极了！俱乐部有很多球场。我们晚一点去不会有任何问题。”

突然之间，那个骷髅精出现了。她冲卡门的父亲谄媚地笑道：“嗨，洛威尔先生？你好吗？”

“我很好，谢谢。凯莉，你见过我女儿卡门了吗？”爸爸问道。

凯莉尽量不让脸上表现出厌恶的神情。

“我们可是老熟人了。你好，凯莉。”卡门说道。

“嗨。”骷髅精生硬地打招呼。她又扭头对阿尔伯特说。“保罗的表现很不错吧。你肯定特别自豪。”

卡门盯着她皱起了眉头。这骷髅精居然变聪明了？

“哦，是啊，这是肯定的。”爸爸含糊地应道。

卡门和爸爸都没有接过话茬。骷髅精对尴尬的社交忍耐度低得很。“那我们回头见。”她对阿尔伯特说完就回到球场边去了。“加油，保罗！”保罗表现神勇时她又开始尖叫。

忽然，卡门看到了莉迪娅的白色身影，她几乎是从停车场一路小跑过来的。

阿尔伯特一看到她，立刻把手从卡门的肩上移开，他三步并作两步地跑到未婚妻身边。“发生什么事了？”

“是庄园酒店，他们打电话说预订超额了，必须取消一场婚礼。他们说我们是第二个预订的，所以要取消我们的。”莉迪娅上气不接下气地说着。卡门看到她的眼眶中满是泪花。

“亲爱的。”阿尔伯特怜惜地搂着她，“这太糟糕了，我们该怎么办？”他把莉迪娅拉到一边说悄悄话。爸爸的隐私意识非常强烈，即使是卡门也不能进入他的隐私领地。

过了一会儿，爸爸走了过来。“卡门，我得和莉迪娅去庄园酒店一趟。我们明天再打球，好吗？”

还没等卡门说“好”，他便开始讲下一个话题了。“我把车钥匙给你，等会儿让保罗开车送你回家。”他吻了一下卡门的额头，“对不起，宝贝，我们以后总有机会打球的，别担心。”

卡门本应表现得大度一些，可她却直接躺在了场外的草地上。她一来南卡罗莱纳州就变成隐形人是件好事，不然她这样做，在别人看来恐怕是没素质的表现。

卡门不是隐形人，还能被人看到的时候，她就可以通过朋友们或者母亲的眼睛来看自己，审视自己的感受。可她现在成了独自一人，变得透明，仿佛飘在空中。

阳光温暖地照着她的脸。最后，她听见了长长的一声哨响，比赛结束了。一个身影来到她身边。卡门用手挡住阳光，才看清是保罗。他盯着她看了好一会儿。保罗即使发现卡门心情不好，也不会轻易表露。

“我们一起去打网球，好吗？”他问道。

这差不多是他们迄今为止交流时间最长的一次。卡门说“好”。

卡门大获全胜，打了两局比分都是 6 比 0。

问题不在于问题本身，而在于你看待问题的心态。

明白吗？

——布莱文教练

11

斗殴事件过了几个小时之后，莉娜坐在费拉的一间诊所里，两个怒气冲冲的老爷爷分别坐在她两边。奶奶去拿咖啡和点心了，莉娜觉得自己再也无法忍受这种冷冰冰的气氛，还有痛苦的呻吟声。卡斯托斯很快就回铁匠铺干活去了，他当时面有愠色，甚至看都没看莉娜一眼。

爷爷的颧骨需要缝四针，老杜纳斯则更惨，他一直在嚷嚷自己的鼻梁肯定骨折了——他的鼻子确实流了好多血。不过检查之后确定了，他的鼻梁并没骨折。莉娜坐在日光灯下等着，心不在焉地翻着《人物》杂志，突然看到牛仔裤上有干涸的血渍。“对不起。”她暗暗对牛仔裤说。莉娜去洗手间试着用湿纸巾擦洗血渍，她内疚了好一阵子，毕竟她们曾立下过不洗牛仔裤的规则。不过，魔法牛仔裤上怎么能永远留下性格乖戾的希腊老头的血渍？

莉娜无意中瞥见了镜中的自己。被泉水浸湿的头发已经干了，七零八落地披散在肩头，乱蓬蓬的，已不复柔顺光滑。

莉娜整个人看起来像喝醉了酒似的。她靠近镜子，心想，这真的是我吗？

回到等候区时，莉娜看到两个老爷爷傻乎乎的样子。他们的塑料椅虽然挨在一起，但他们却费劲地扭着身子不看对方，所以两人几乎是背对背地坐着。这整件事太荒唐了，莉娜知道这有多么可笑。但即使情况很可笑，她却怎么也笑不起来。她只感觉难受，太丢人了。事情大概是这样的，奶奶以为卡斯托斯袭击了莉娜，而且还这样告诉了莉娜的爷爷。现在，爷爷奶奶都以为他们曾经心爱的卡斯托斯是个邪恶的强奸犯。

莉娜现在回想起来，感觉她之前完全是反应过激了。她真该告诉奶奶实情，省得奶奶胡思乱想。

卡斯托斯偷窥她了，他看见了她的身体。这种行为不仅可恶，还很愚蠢幼稚。尽管如此，当高大魁梧的卡斯托斯拼命劝架让两个老爷爷冷静下来的时候，莉娜终于松了一口气——不然他们会把对方杀死。

没错，卡斯托斯偷窥她了，她为此很烦他。但不管怎么说，他没有强奸他，爷爷奶奶的确是误会他了。

现在怎么办？等一切平息，所有的人都冷静下来，她就会向爷爷奶奶道歉，把事实原原本本地解释清楚。

然后，她还得向卡斯托斯解释。

最后，大家冰释前嫌，重归于好。

莉娜：

今天的练习赛我踢得用力过猛，被警告必须得冷静冷静了。你会对我说什么呢？“让你的身体冷静下来，布布。”是啊，我也想这样，但腿不听使唤，还是动个不停。

我要跑步去了，和埃里克一起。我喜欢他。我和你说过吗？我知道你能控制你的荷尔蒙，不过有的人（比如我）就是控制不住。

爱你的布布

“嗨，我叫贝莉·格拉芙曼。我是蒂比的朋友。她在家吗？”

站在楼梯顶上的蒂比听到这话不禁傻眼了，贝莉居然站在大门口向洛蕾塔介绍她自己。她的声音很响亮，甚至能盖过凯瑟琳发疯般的哭闹声。蒂比难道招惹到了一个十二岁的跟踪狂？

蒂比小心翼翼地把咪咪放回窝里，她暗暗祈祷，希望洛蕾塔不知道她在家。可她并没有那么好的运气，不一会儿，蒂比就听到了贝莉上楼的声音。

“嗨。”贝莉站在房门口向她招手。

“贝莉，你来这里干什么？”

蒂比的床还没收拾，可贝莉却毫不客气地坐上来。“我一直在想着你的电影。这太酷了，我想给你帮忙。”

“没必要，我还没开拍呢。”蒂比抗议。

“不过你肯定需要帮助。”贝莉试着说服她，“我可以做摄影师或者音响师。还可以帮你照明，要不做场记也可以。”

“你做不了这些活。”蒂比说道。

“那我做助理总行了吧。就是私人助理，帮你拿东西和杂物的。”

贝莉的兴奋之情溢于言表，蒂比有点不忍心拒绝她。

“谢谢，但我真的不需要帮助。”蒂比说道。

贝莉站起来看咪咪。“这是什么？”她问蒂比。

“它是咪咪，我七岁起就开始养她了。”蒂比轻描淡写。她在朋友面前总是喜欢装出一副对咪咪没什么感情的样子。

“它真可爱。”贝莉说道。她对着咪咪做了一个鬼脸。“我可以抱它吗？”

蒂比八岁之后，就从来没有一个人（尼奇除外）表示过想抱咪咪。大约这就是和小孩子交朋友的一点点好处吧。“当然可以。”

贝莉从容不迫、小心翼翼地把咪咪从窝里拿出来。咪咪似乎很喜欢她。贝莉把肥嘟嘟的咪咪搂在怀里。“噢，它还是热乎乎的呢。我从没养过宠物。”

“它不怎么活动。”蒂比觉得她背叛了咪咪，“它年纪大了，总是睡觉。”

“你觉得它在这里会寂寞吗？”贝莉问她。

蒂比从没想过这个问题。她耸耸肩。“我不知道，我想它还是很快乐的。我不觉得它想要自由或去野外生活。”

贝莉抱着咪咪坐在椅子上。“谁是你的第一个受访者？你想好了吗？”她问蒂比。

蒂比本想说“没想好”，但她还是决定不撒谎，她答道：“很可能是邓肯，在渥曼工作的那个神经病。”

“他怎么神经了？”贝莉问她。

“哦，他……他说的不是人类的语言，他说的是‘助理总经理’语。这人很自大，总是太把自己当回事。一想起他我就要笑死。”

“哦。”贝莉轻揉咪咪的肚子。

“第二个受访者是一个指甲超长的女人。”蒂比继续说，“我想布丽安娜也值得采访一下，她的发型会让你怀疑地心引力有问题。还有一个在帕维兰电影院上班的女人我也想采访一下，她能把电影里的一些情节记得滚瓜烂熟，不过她记得的情节都超烂。”

贝莉坐在椅子里晃来晃去。“我一直都想拍纪录片。”她热切地说道。

蒂比预感她要用白血病来博取同情了。“那你为什么不拍呢？”

“我没有摄像机，我也不知道该怎么拍。我真希望你能给我机会，让我帮你吧。”

蒂比叹了口气。“我知道你有白血病，你就是想用这个来让我同情你吧，是不是？”

贝莉冷哼了一声。“没错，正是这样。”她把咪咪紧紧地搂在怀里，“嘿，楼下那个是你妹妹吗？”

蒂比点点头。

“你们的年龄差别很大。”

“相差十四岁。”蒂比说道，“我还有一个两岁的弟弟。他现在在睡觉。”

“哇哦，你父母是再婚的吗？”贝莉问她。

“不，我们都是同一对父母。他们只是突然换了生活方式。”

贝莉的好奇心被勾起了。“这话什么意思？”

“噢，其实我也说不准。”蒂比一屁股坐在床上，“家里只有我一个孩子的时候，我们住在一套小得可怜的公寓里，就在威斯康星大道的一家餐馆旁。那时我爸爸给一家报纸写稿，同时还攻读法律学位。后来，他就成了公共辩护律师，成天累得半死。在那之后我们搬到了罗克维尔附近，就住在一辆拖车里，周围有两英亩空地，那时爸爸种有机蔬菜，妈妈做雕刻。有一年春天我们去了葡萄牙，整个春天都住在帐篷里。”蒂比环顾四周，“而现在我们的家是这样的。”

“他们是不是很年轻的时候就生了你？”贝莉问她。

“十九岁。”

“你有点像他们的实验品。”贝莉一边说，一边把睡着了的咪咪放在大腿上。

蒂比看着她。她从来没有这样想过，但这话却一针见血。“我想是的吧。”蒂比说道，她没想到自己居然会这么坦诚。

“所以等他们成熟了，他们就真的想要孩子了。”贝莉推测说。

蒂比没想到她们会谈到这些，她现在既惊喜又尴尬。贝莉一语中的。当父母所有的朋友都开始准备生孩子时，爸爸和妈妈似乎觉得改正错误、从头来过的时机到了。家里有了婴儿监视器、和婴儿床相配的婴儿床围、婴儿音乐玩具。但蒂比的童年并没有这么安稳。她不过是一个顶着乱糟糟的头发，跟在父母屁股后面一起冒险的小娃娃。

贝莉望着她，大大的眼睛里满是同情。蒂比突然难过起来，她不知道该如何结束这场谈话，只想一个人安静一下。“我……嗯，我得出去一会儿。你先走吧。”蒂比说道。

这一次贝莉没有强人所难。她起身准备离开。

“把咪咪放回去好吗？”蒂比说。

蒂比：

我这里一团糟。卡斯托斯看见了我裸泳，而我反应过激了。你知道我有多重视隐私。所以我一着急把衣服都穿错了（我把牛仔裤都里外穿反了——真不愧是魔法牛仔裤，反着都能穿上），然后我怒气冲冲地跑回家。奶奶看到我吓了一跳，她以为发生了天大的事。

所以后来，噢，我的天！我真是提起来都痛苦。奶奶把她的猜测告诉了爷爷（肯定是用希腊语说的），然后，我真没和你开玩笑，爷爷就要去揍卡斯托斯。卡斯托斯的爷爷不让他进屋，就这样，这两个老爷爷扭打了起来。听起来有点可笑吧，我知道你会觉得可笑的，不过这事太可怕了。

现在爷爷奶奶还在和他们最好的朋友冷战，卡斯托斯恨透我了，除了我们之外，没人知道事情的真相。

不过我总得说出真相，不是吗？

这就是魔法牛仔裤的第一段奇遇。牛仔裤好像没有我们所希望的那种魔力。噢，牛仔裤上有点血渍，也许血也会影响它施展魔力（不过我尽力把血洗干净了）。现在我得找圣托里尼最快的快递公司把它寄给你（也许要等几天）。你穿这条裤子肯定比我幸运得多。

蒂儿，我真希望你在这里。不，这话不算，我希望我们在一起，在世界的任何一个角落——除了这里。

爱你的莉娜

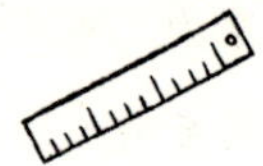

卡门的爸爸和莉迪娅参加派对去了，还没回家。她爸爸以前几乎没什么朋友，可突然之间却成了社交明星。莉迪娅的朋友都成了他的朋友，就这么简单。他踏入了一种全新的生活，这里的一切都是现成的——房子、孩子，还有朋友。他居然能把过去抛得这么干净，真是不可思议。

保罗和骷髅精出去了，克里丝塔和两个朋友一起在房间里做自助水疗。克里丝塔彬彬有礼地请卡门也去做，但她拒绝了。卡门现在很郁闷，她想念她的朋友们。

卡门受够了这间客房。房间里衣服扔得到处都是，家具无一幸免，就连地板上也堆满了衣服。她知道她这样很虚伪。明明是她把这里搞得乱糟糟的，她却受不了这脏乱的房间。

卡门在厨房里看到了克里丝塔扔在桌上的几何作业，眼神简直充满渴望。克里丝塔的第二道证明题才做了一半，后面还有八道题要做。

屋子里静悄悄的。她把作业拿过来研究了一番，然后又抓了一支铅笔。卡门开始做题了。做几何证明题是一种纯粹的享受，因为一开始做题时，你就手握着结果。

卡门做题做得太入迷了，她甚至没注意到保罗已经回家了。等到保罗站在厨房里盯着她时，她吓了一跳。谢天谢地，他没和骷髅精在一起。保罗露出了迷惑的表情。

卡门的脸一阵发烫。她居然在做克里丝塔的作业，这该怎么解释呢？

保罗站了一会儿，只是说：“晚安。”

“保罗，你是不是做了我的数学作业？”第二天早上吃早餐时克里丝塔问话了。听她的口气，好像并不怎么领情。

今天是星期天，爸爸给每个人都做了小煎饼。看看，他现在居然也做饭了！莉迪娅甚至在桌上摆了她心爱的瓷器，上面有漂亮的花卉图案。多么完美的早餐！

保罗没有马上回答。

“你是不是以为我太笨不会做？”克里丝塔又问道。

“很有可能哦。”卡门真恨不得这样抢白一番。

“不是。”保罗仍然惜字如金。

克里丝塔坐在椅子上直起身子。“不是什么？是没做我的作业，还是没认为我太笨？”

“随便你怎么想。”他说道。

“那我的作业是谁做的？”克里丝塔仍然不依不饶。

卡门等着保罗看她，可他没有。他什么也没说，只是耸了耸肩。

如果保罗不告发她，她是否应该自首呢？卡门正在考虑。

“我得走了。”保罗说，“谢谢你的煎饼，阿尔伯特。”

他走出厨房，在前门旁抓起一只旅行袋就出门了。

“他要去哪儿？”卡门问道，虽然这不关她的事。

莉迪娅和克里丝塔交换了一个眼神。莉迪娅欲言又止，最后终于开口了："他要去……看……一个朋友。"

"哦。"卡门实在不明白，这个问题有什么难回答的。

"你猜怎么着？"莉迪娅闲聊起来，又换了一个话题，"我们想出了一个新的婚宴方案。"

她是对卡门说的。卡门看出来了，因为就只有她还不知道这事。

"哦。"卡门又应了一声。她知道她应该问问是什么方案。

"我们已经租了一个超大的帐篷，准备在家的后院里举办婚宴。这主意还不错吧。"

"是呀，很不错。"卡门喝完最后一口橙汁。

"我昨天太难过了。"莉迪娅继续说，"但我还是想坚强一些。后来阿尔伯特想出了这个绝妙的主意，我们就要在家里举办婚礼了。我一想到有了这么好的解决办法，就觉得激动。"

"是呀，是挺……刺激的。"卡门说。她本应为自己的尖刻而内疚，不过似乎没人听见，所以也没必要内疚。

"听着，宝贝。"爸爸说话了，他把自己坐的椅子放回桌子底下，"我们得去俱乐部了。"

卡门立刻站起身来。"我们走。"他们一起打网球的诺言终于要兑现了。她跟着爸爸走出家门，迫不及待地跳进那辆崭新的米黄色车里。

"宝贝。"他们离开家之后爸爸便开口说话了，"我要告诉你莉迪娅前夫的事。你知道就行，不要说出去。莉迪娅对这事很敏感。”

卡门点点头。

“我谈这事只是因为今天保罗出去要见的是他爸爸。他爸爸还在亚特兰大的治疗中心。保罗每个月去看一次，一般都会在那里待几天。”爸爸解释说。

不知道为什么，卡门突然一阵心酸。

“那克里丝塔怎么不去？”她问。

“克里丝塔跟她爸爸断了联系，她一跟爸爸接触，就会难过。”

她以她爸爸为耻，卡门暗自思忖。莉迪娅显然也以前夫为耻。找一个更好的新老公，然后把前夫抛之脑后。

“你不能就这样抛弃家人。”卡门喃喃自语。然后，她把脸别过去对着车窗真正地哭了起来，这是她这几天第一次哭。

“我为我们的影片安排了第一次采访。”贝莉兴奋地说。

蒂比在电话里大声吼了起来：“我们的影片？”

“对不起，你的影片。我只是帮你打杂。”

“谁说你可以打杂的？”蒂比斥责道。

“求求你，求你了。”贝莉苦苦哀求。

“少来这套，贝莉。你闲得无聊没事做吗？”电话那头一阵沉寂，似乎只有蒂比的声音在回荡。也许她不该这样训斥一个得了绝症的女孩。

“我安排的采访时间是四点半，正好在你下班后。”贝莉固执地说，“如果你愿意，我可以提前去你家帮你拿摄像机。”

“我们要采访谁？”蒂比小心翼翼地问。

“一个打街机的男孩，他在渥曼对面的一家 7-11 便利店打街机。他打最难玩的游戏都占领了高分纪录前十名。”

蒂比哼了一声，“听起来很逊，倒是适合纪录片的主题。”

“我等会儿可以见你吗？”贝莉问她。

“反正我也没有其他的计划。”蒂比冷冰冰地说。她骗不了贝莉，更骗不了自己，她的生活此刻确实很无聊。

当然，蒂比一下班就看到贝莉了。

“你好吗？”贝莉问道，那口气好像她们是密友似的。

蒂比在日光灯下待了太久，感觉大脑都被灼烧了。“正在慢慢死去。”这话一说完她就后悔不已。

“那就快走吧。”蒂比拿着摄像机对她说，“我们没时间可浪费。”

如果在索引里找不到，那就在整本目录里慢慢找吧。

——西尔斯·罗巴克商品目录

12

第一次看到布莱恩·麦克布莱恩，蒂比就知道，这下她可有了绝佳的数落对象。布莱恩活像讽刺漫画里的滑稽人物。他骨瘦如柴，面色惨白，皮肤白中透蓝，简直像脱脂牛奶。不仅如此，他还长着一字眉，头发油腻腻的，而且发色就和狗屎一样。他戴着老掉牙的牙套，说起话来口水四溅。蒂比不得不把跟他交流的活交给贝莉。

她们准备拍摄的时候，他正在玩《龙圣》。贝莉将外接麦克风接在了一根临时的话筒杆上，蒂比看在眼里，心中暗暗佩服，却不愿承认。便利店里面和外面都闹哄哄的，没有定向麦克风几乎没法采访。贝莉以前真的从没做过这些吗？

蒂比开始做情景引入。她拿着摄像机，以微距镜头拍一块颜色不甚自然的粉红色雪球蛋糕，然后又将镜头移到八卦杂志架，上面的杂志都在夸凡娜·怀特[1]和她的宝宝。蒂比又

1 美国娱乐明星，游戏节目《幸运之轮》的前主持人。

将镜头转到柜台上展示的腊肠。她不断地移动镜头，最后停在了在柜台后面工作的一个男人身上。那个男人立刻用手遮住脸，好像蒂比是《六十分钟》新闻节目的暗访记者似的。“不许拍摄！不许拍摄！”他大声咆哮。

蒂比将镜头移到便利店的正门处，镜头抓到了贝莉大笑的脸。她又拍到了布莱恩的背影，这时他正在和龙搏斗，肩胛骨上的肌肉都在动；蒂比移动镜头准备采访。“准备好了吗？”

布莱恩转过身子。贝莉调整好麦克风。“马上开始。”她提醒布莱恩。

布莱恩面对镜头和其他人不一样，他没有忸怩作态，没有僵住，也没有以奇怪的角度歪脑袋。他就是自然、镇定地看着她。

“好了，布莱恩，我们听说你经常来这家 7-11。”蒂比觉得布莱恩这种游戏咖肯定听不出她的讽刺之意。

他点点头。

“你一般什么时候来这里？”

“呃，差不多是下午一点到晚上十一点。”

“这家店真的是晚上十一点关门吗？”蒂比一边问一边忍不住咧开嘴笑了起来。

“不，十一点是我们家的宵禁时间。”他解释道。

“你上学时也这样吗？”

“上学的时候，我下午三点或五点来这里。”

“明白了，你放学后没有任何其他的活动吗？”

布莱恩似乎慢慢明白了蒂比的弦外之音。他指着便利店前门玻璃墙外的停车场。“大多数人的世界在那里。”他说道。然后他指了指游戏屏幕。“我的世界在这里。”他敲了一下玻璃屏幕。

蒂比实在没想到他说话那么直白，那么不卑不亢地看着她。她本以为对布莱恩这样的人来说，她很吓人呢。

“好吧，现在给我们讲讲《龙圣》吧。”蒂比提问。她觉得自己的气焰正在慢慢消失。

“我给你看看。”他说完就把两枚硬币塞入投币口。显然，他和贝莉之前已经商量好了。

“第一关是森林，现在是公元四三六年。背景是第一次寻找圣杯的伟大远征。”

蒂比的镜头越过布莱恩的肩头对准屏幕。画面虽然没有她希望的那么清晰，但至少还不赖。

“一共有二十八关，需要从公元五世纪跨越到二十五世纪。这台游戏机上只有一个人打到了二十八关。”

“是你吗？”蒂比有些激动地问道。

“是，是我。”他说，“在二月十三日。”

作为一个刻薄的纪录片制作人，蒂比知道这是个好题材。不过，即使抛开纪录片制作人的身份，她本人对此也觉得非常兴奋，她也想不通自己为什么会这样。“也许你今天也能打到二十八关。”她说。

“有这种可能。”布莱恩点点头，“就算不能打到二十八关，我也可以享受游戏的快乐。”

布莱恩的角色是一个肌肉发达的勇士，他召集了一群死士和一个身材健美的女人跟他一起并肩作战。蒂比和贝莉都站在他身后盯着屏幕。

“打到第七关才能碰到龙。”他解释道。

打到第四关时，一场海战爆发了。到第六关时，一群暴徒放火把布莱恩的村子烧了，他冲入火海，救出了村中的全部妇孺。蒂比看到他的手在各种旋钮和按钮上熟练地舞动，简直快如闪电，他完全不用看操作面板。

第二条龙出现后，蒂比听到了电池没电的报警声，然后摄像机屏幕就黑了，不过她还是接着观看游戏。

布莱恩包围袭击一座中世纪城堡打了很长时间，打完之后，他按下暂停键转过头来。

“电池没电了吧。”他说。

“哦，是的，你说对了。”蒂比若无其事地说，“这是我的第三块电池。我没有其他充满电的电池了。也许我们可以以后再拍。”

“当然。”布莱恩表示赞同。

“如果你愿意，你可以继续玩游戏。”蒂比说。

“我会的。”他回应道。

贝莉买了三个水果派，一人一个。他们一起看布莱恩在游戏里英勇作战，一直打到第二十四关。最后，龙喷出一团火，布莱恩葬身火海。

埃里克五点钟会带队跑步。布丽吉特不知道他是否想见她。

“今天我们把速度提高到四分半一千米。”埃里克对球队宣布，“再强调一次，你们了解自己的身体，如果累了自己应该清楚。这里很热，所以不要勉强。如果有必要可以跑慢一点。此次跑步只是训练，不是比赛。”他说这话时，正看着布丽吉特。

埃里克让队员们做了几分钟的拉伸，然后他问：“准备好了吗？”

他似乎很快就意识到布丽吉特会和他一起跑，无论他跑得快还是慢都无法摆脱。“你是个厉害的球员，布布。”他不紧不慢地对她说，“你今天出尽风头了。”很明显，埃里克觉得她过火了。

布丽吉特咬着嘴唇，愧疚不已。“我心太急，有时候是会这样。”

看他的表情，他好像一点也不觉得奇怪。

“我是做给你看的。”布丽吉特终于招供。

埃里克盯着她的眼睛，欲言又止。他回头看了一眼后面的队员，他们还落得很远。“布布，不要。”他低声说。

“不要怎样？”

“不要……不要……逼我。”他似乎找不到合适的词。

“为什么不？为什么我不能喜欢你？”

他被布丽吉特的坦诚给吓住了。他打量着她，叹了一口气。“是这样的，我受宠若惊。我很荣幸，换谁都会这样想。”

布丽吉特咬紧牙关。“受宠若惊”和“荣幸”不是她想听的话。反正她也不信他真这么想。

埃里克加快步伐，他们把队伍远远地甩在身后。“布丽吉特，你聪明、漂亮、优秀、有才华……你的魅力无法阻挡。”现在他的语气软了下来。埃里克迎上布丽吉特的双眼。“我并不是没注意你，相信我，我一直都在看你。”

现在，布丽吉特看到了一丝希望。

“但我是教练……而你只有十六岁。”

“那又怎样？”她说道。

“首先，这是不对的；其次，这也违反了规定。”

布丽吉特把垂下来的发丝拢到耳后。“我才不在乎这些规定。”

埃里克又恢复了严肃的表情。“可我别无选择。”

莉娜几乎天天和爷爷一起吃早餐，但她还是觉得很别扭。尤其是发生了这次闹剧之后。

这个早晨，爷爷安静地吃着果脆圈，莉娜嚼脆米花发出了“咯嘣咯嘣”的声音，声音还很大。

莉娜观察爷爷的表情，想找机会说话。她盯着爷爷灰绿色的眼睛（和她的眼睛颜色一样），想表现出真心忏悔的样子，可吃脆米花的声音太响，把气氛全毁了。莉娜看到爷爷皱巴巴的脸上缝了几处针，顿觉羞愧难当，无地自容。

“爷爷，我……”

爷爷抬起眼睛，露出关切的表情。

“嗯，我……”她的声音几乎颤抖起来。她怎么这么笨呢，爷爷甚至都听不懂英语。

爷爷点点头，拍了拍她的手。这个动作很亲切，它意味着爱和保护，但同时也意味着“我们没必要谈这个”。

莉娜希望艾菲早上不要再睡懒觉了。昨晚她筋疲力尽，心里乱糟糟的，所以没把事情的经过对艾菲说，爷爷奶奶也完全没有提这件事。艾菲问过爷爷脸上的绷带，但爷爷只是耸耸肩咕哝了几句希腊语。现在，莉娜想对妹妹和盘托出整件事，至少可以让艾菲帮她参谋一下，即使被骂也无所谓。此后她还可以告诉奶奶，再由奶奶告诉爷爷。这样会比较好。

可现在艾菲还在睡觉。

吃完早餐后莉娜上楼了，她把画画的工具都装进背包。做点程式化的事情总能让心情平静下来。她望着窗外，往常这个时候卡斯托斯都会路过这里，他会在街边的咖啡馆停留一会儿，然后才下山去铁匠铺。但是今天他不在。他当然不会在。

出门之后，莉娜决定今天下山。斑驳的阳光在白墙上跳跃，映入她的眼帘，照亮了她的心房，照亮了那些被遗忘的、灰暗的角落。

她向卡斯托斯的家走去。通往他家的路是个斜坡，所以你要是在去他家的路上不小心跌倒了，只要他家大门开着，你就会一路滚进他家的客厅。

莉娜走得很慢，屋子里悄无声息。她开始往悬崖边上走去，她觉得铁匠铺应该在那边。也许可以碰到卡斯托斯，也许她可以向他解释，至少可以通过面部表情交流。莉娜得让他明白，她知道她反应过激了，事情发展得超出了控制。

她没有见到他，只好一直往前走。最后，她在她最爱的教堂前心不在焉地支起了画架。她拿出炭笔准备素描钟楼的轮廓，可她心绪不宁，迟迟未能动笔。

莉娜将炭笔收了起来。今天她想换换心情，不想再享受有质量的独处时光了。她将画画的工具装进背包，转身向山上走去。也许这次可以碰到卡斯托斯。也许她可以和艾菲一起逛街——艾菲一直想跟她一起逛街；也许她可以在旅游纪念品店买一只傻乎乎的橄榄木碗。

也许她可以鼓起勇气将事情的真相告诉奶奶。

好了，她也可以看到好的一面。卡斯托斯不会再纠缠她了。但莉娜现在并不觉得这是什么好事。

卡卡：

我们徒步穿越了一片火山区，这座火山叫“三姑娘山”。如果叫“四姑娘山”就好了，那就是我们了。我发誓我闻到了一股烟味，但向导说这座火山自上个世纪起就一直在休眠。

然后我们向南走，穿过了几条大峡谷，最后终于看到了古印第安人的岩画。先看到的是狩猎画，后来是大幅大幅的硕大阴茎。戴安娜和我都笑倒在地，后来和我们一起的教练叫我们快走。真的太搞笑了，如果你在这里就好了。

啊，下加州疯狂的快乐啊。

爱你的布布

批评人之前应该先穿别人的鞋走上一英里。

这样的话呢，等你批评人时，你已经走到了一英里之外，

而且你还穿着别人的鞋[1]。

——弗里达 · 诺里斯

1 “穿别人的鞋”意味着设身处地地为他人着想。

13

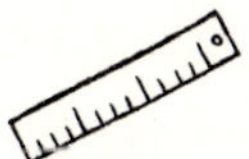

星期二的下午，莉迪娅对裁缝介绍说：“芭芭拉，你应该认识我女儿克里丝塔了。”

克里丝塔满脸堆笑。

莉迪娅指了指卡门。“这是我的……”她怔了一下。卡门知道莉迪娅准备说“继女”，阿尔伯特也是这样称呼克里丝塔的，但莉迪娅最终没说出口。“这是卡门。”

“莉迪娅是我的继母。”卡门亮明身份，她存心让莉迪娅难堪。

芭芭拉有一头一丝不乱的金发，那发型活像一口倒扣的钟。微笑时她会露出两排白墙似的牙，卡门觉得它们太大太假。

芭芭拉盯着卡门。卡门的头发在脑后扎成了乱糟糟的丸子头，身上穿的红背心都被汗水浸湿了。“这是阿尔伯特的女儿？”她一脸惊讶地问道，可眼睛却直盯着莉迪娅，可见她无意找卡门寻找答案。

“我是阿尔伯特的女儿。”卡门自告奋勇地回答。

芭芭拉想收回刚刚的话了。毕竟，付账单的人是阿尔伯特。“你……你肯定长得像你妈妈。”她满以为自己的这番话很有情商。

“当然。”卡门一口承认，“我妈妈是波多黎各人。她说英语有口音，她还念《玫瑰经》[1]呢。”

似乎没人听出她的话外之音，这个女孩注定是隐形的。

“她继承了她爸爸的数学天赋。”莉迪娅无力地为卡门辩护，好像她也打心眼里觉得卡门和阿尔伯特没有血缘关系。

卡门想给她一记耳光。

“来，我们试衣服吧。”芭芭拉提议道。她把一堆塑料衣袋抱到莉迪娅的床上。不，是莉迪娅和阿尔伯特的床上。“克里丝塔，你先试。”

“噢，不，可以让妈妈先试吗？”克里丝塔几乎双手合十，可怜巴巴地乞求着。

卡门躲到一边，坐在墙边的一把软垫椅子上。莉迪娅穿着白晃晃的婚纱出来了。她很是骄傲的样子，那衣服起码用了六十米的纯白布料。一个四十多岁的女人，两个孩子都快成年了，还在婚礼上穿这种雪白的蓬蓬婚纱裙，卡门觉得这实在是让人尴尬。婚纱采用紧身胸衣式设计，袖子极短，仅能遮住一点点肩膀，莉迪娅年纪大了，松垮的双臂暴露无遗。

“妈妈，你太美了，简直迷死人了。我都要哭出来了。”

1 天主教徒念诵的诗文。

克里丝塔夸张地称赞着，实际上她根本没有要哭出来。

卡门不自觉地用脚轻击锃亮的木地板，她赶紧收住脚。

下一个就是肤色苍白、身材娇小的小甜心克里丝塔了，她穿的是一件粉紫色的塔夫绸礼服。卡门只能暗暗祈祷，希望她的礼服千万不要是这个样子。

克里丝塔的礼服腰稍微大了一点。芭芭拉把腰部收紧，用别针别住时，克里丝塔笑着说："噢。"这件礼服丑得令人发指，但和面无血色、身材毫无曲线的克里丝塔倒是绝配。

现在轮到卡门了。她的礼服和克里丝塔的一模一样，即便她是隐形人，但穿上这件硬邦邦、闪闪发亮的礼服简直就是噩梦。这衣服太小，而她的身上又全是汗，她觉得很丢脸。卡门不敢看任何人，甚至连镜子都不敢照。她可不想把这幅可怕的画面留在余生的记忆里。

芭芭拉用挑剔的目光看着她。"哦，我的天，这衣服还得修改一下。"她把礼服臀部的缝线扯断，"是啊，这里还得放大一些。我不知道是否还有布料，等我回办公室后再看看。"

"你是个讨厌的老巫婆。"卡门在心里暗暗骂道。

卡门知道自己穿这件礼服很难看。这条裙子丑得令人发指，使自己变成了波本街[1]娼妓和第一次参加领圣体[2]仪式的纯洁拉丁少女的混合体。

---

1 波本街是美国新奥尔良著名的红灯区。

2 领圣体是天主教的一种仪式。

芭芭拉检查卡门的胸，胸部的布料也绷得紧紧的，难看极了。“这里也要放一下。”她一边说一边靠近卡门。

卡门立刻交叉双臂。这是她无声的命令，意思是“不要碰我的胸”。

芭芭拉扭过头去，对莉迪娅做了一个惊愕的表情，好像这件恶心的礼服卡门穿不上全怨她自己。“恐怕这件礼服我得重新做。”

“我们本应将卡门的尺码提前给你。”莉迪娅悔恨不已，“但阿尔伯特非要等她到了这里才告诉她……”她的声音越来越弱，似乎意识到自己正在踏入高压区。

“一般来说，我们都可以把估算着做的样品修修改改。”芭芭拉说道，她只是一味地怪罪卡门和她的大屁股。

“卡门得走了。”卡门对芭芭拉说道。她的胸中满是怒火，一颗心被挤得无处安放，几乎要从嗓子眼儿里跳出来。她的心情坏到了极点，再看一眼芭芭拉就会疯掉。

“我讨厌这里。”这就是卡门的告别语，莉迪娅听傻了。“你应该穿长袖礼服。”她冲出了房间。

卡门在走廊里撞到了保罗，吓了一跳。“你真招人烦。”他对一路狂奔的卡门说。卡门听到“招人烦”这个字眼，不禁大吃一惊，保罗话语中的分量也同样让她震惊。

“那是你的想象。”卡门在心底反唇相讥，然后加快步伐冲出家门。

“牛仔裤很帅气。”贝莉说道，她又按时到了渥曼。蒂比料到她会来，所以也不再摆出一副凶神恶煞的样子。

蒂比站在架子上，正在给一盒盒的蜡笔打价格标签。她向下看了看自己的牛仔裤，无比自豪。“这就是那条魔法牛仔裤了。”她说，“昨天才到我家。”当时蒂比看到包裹上贴了许多花花绿绿的邮票，便迫不及待地撕开了包裹。蒂比紧紧地抱住牛仔裤，感觉就像抱着莉娜一样。牛仔裤似乎渗入了希腊的气息，她贪婪地闻着。事实上，牛仔裤有一点淡淡的橄榄油的味道——这不是幻觉。右裤腿的正面还有一点褐色的污渍，就在大腿处，她猜这肯定是莉娜爷爷的血渍。

贝莉睁大了双眼，一脸的敬畏。“你穿这条裤子真好看。”她屏息凝神地说。

“我的朋友们穿这条裤子更漂亮。”蒂比说道。贝莉越来越喜欢听蒂比朋友们的故事，她还喜欢听她们在暑假里的近况。不过，这些故事精彩得像假的，蒂比越来越觉得她在给自己和贝莉编故事。

“这条裤子有没有什么奇遇？”贝莉问道，她已经百分之百地相信这条裤子的魔力了。

“呃，有一半的故事发生在这条裤子被穿着的时候，另一半发生在裤子没被穿的时候。一个男孩看到了莉娜的裸体，她爷爷想揍那个男孩。”一想到这个情节蒂比就忍俊不禁，“如果你了解莉娜，你就会明白这是个大问题了。”

“莉娜就是在希腊的那个女孩吧。”贝莉说。

“是的。”

“那布丽吉特穿过这条裤子吗？”贝莉问。不知道为什么，贝莉觉得布丽吉特酷极了。

“不，下一个是卡门，最后才轮到布丽吉特。”

“我真想知道布丽吉特穿这条裤子的故事。”贝莉陷入了沉思。

“她会做些傻事。”蒂比脱口而出，不过她马上就闭嘴了，她恨自己口不择言。

贝莉看了她一会儿。“我猜你是担心布丽吉特。”

蒂比想了一会儿。“也许是的吧。”她斟词酌句，“也许我们都有点担心她。”

“因为她妈妈？”

“是的，这是很重要的一部分因素。”

“她妈妈是病死的吗？”贝莉刨根问底。

“不是因为病……准确地说，不是身体的问题。”蒂比小心翼翼地说，“她……严重抑郁。”

“噢。”贝莉叹了一声。她不再追问了，她似乎已经猜到了事情的前因后果。

“呃，你穿这条裤子有什么奇遇呢？”贝莉问道。

“我泼了一瓶雪碧。邓肯说我私吞发票。”

贝莉暗笑起来。“这是怎么一回事？”

“我忘了给一位顾客发票。”

“噢。”贝莉又叹了一声，“真倒霉。”

“嘿，我们现在可以一起去帕维兰电影院吗？”蒂比问。

“可以啊，我带了拍摄器材。而且我把所有电池都充了电。”

贝莉现在经常待在蒂比家，蒂比上班的时候她就剪辑片子。蒂比教过她用苹果电脑做基础剪辑，还有如何叠加音轨。洛蕾塔每次都会让贝莉进屋。这的确有点诡异，但蒂比不再为此而耿耿于怀。

到了帕维兰电影院，玛格丽特还在售票处忙，所以她们得等会儿。她们一走进影院大厅，蒂比就看见了塔克。她倒吸了一口凉气。虽然她知道塔克会去哪些地方、会和什么人一起出来玩，但真没想到会在电影院碰到他。

塔克和两个朋友正在一起排队买爆米花。他抱着双臂，一副不耐烦的样子。

“你到底看上他什么了？”贝莉小声问道。

“只是因为他帅，他是我亲眼所见的最帅的男孩之一。”蒂比说。塔克四处张望，无意中和蒂比的目光相遇。蒂比一想到自己正穿着魔法牛仔裤，顿时自信心爆棚。不过，当她意识到自己仍然穿着工作服时，一下子又泄气了。

如果她这个时候想办法脱掉工作服，是不是太过刻意了呢？塔克买了爆米花，还有一瓶跟汽车电瓶一样大的苏打水，径直走到蒂比面前。

“蒂比，是你啊，你好吗？”他正盯着她的工号牌，上面有她的名字。其实没这个牌他也知道她的名字，但这只是因为蒂比有一群漂亮朋友的缘故。

“我很好。”蒂比生硬地说。碰到塔克的时候她从来都说不出话。

她听见贝莉闷哼了一下，似乎在嘲笑她。

“你在渥曼上班吗？”塔克问道。和他一起的朋友有一个傻笑起来。

“不，她穿这件衣服只是因为它很酷。”贝莉急忙插嘴。

“回头见。”蒂比回头对塔克咕哝了一句。她把贝莉拖出门。她们站在热烘烘的人行道上。“贝莉，拜托你闭嘴好吗？”

贝莉也没好声好气。“我为什么要闭嘴？”

玛格丽特从售票处出来了。“你们都准备好了吗？”她问。

蒂比和贝莉相互使了一个眼色。“是的，我们准备好了。”蒂比咬着牙说道，她的自信又回来了。

她们在大厅里找了块比较安静的地方，就在电影《独领风骚》的海报前，玛格丽特觉得这里比较好。“玛格丽特，你在这里工作多久了？”她们一架好摄像机，蒂比便问道。

“让我想想。”玛格丽特看了一会儿天花板，“我想……从一九七一年起我就在这里了。”

蒂比深深吸了一口气，这差不多有三十多年了。她仔细打量着玛格丽特。她把一头金发梳成高马尾，眼影涂得太浓。当然她很显年轻，只是蒂比没想到她居然这么老。

“你迄今为止看了多少部电影？”蒂比问她。

“一万多部吧，我只是估计的。”玛格丽特答道。

“你最喜欢的是哪一部呢？”

“老实说，这个我说不上来。”玛格丽特答道，“我喜欢的太多了，不过我爱死了这部电影。”她勾起食指，指着身后的《独领风骚》电影海报。接着她又想了一下说：“《钢木兰》一直都是我最爱的电影之一。”

“你真的能把整部电影的情节记得滚瓜烂熟吗？”蒂比问。

玛格丽特的脸上泛起了红晕。“是的，我可不是吹牛，也无意炫耀。我背一部分给你听好了。现在有一部电影很好看，是桑德拉·布洛克主演的。要我背给你听吗？”

玛格丽特脱下身上的粉红色开衫，蒂比才发现她的个子小得可怜。她的身材简直像还没发育似的，蒂比怎么也想不到她居然已经四十多岁了。

“你身上都发生过什么？”蒂比只敢在心里问。她看了一眼贝莉。贝莉很淡定。

“我们可以和你一起看电影吗？”贝莉问。

玛格丽特被弄糊涂了。“你的意思是现在就去看电影吗？我们三个人一起？”

“是的。”贝莉答道。

“呃，我想没问题。”玛格丽特的表情逐渐从疑惑转为兴奋。“四号厅马上就要放一部很好看的电影。”

玛格丽特跟着贝莉和蒂比在漆黑的走道里摸索着，最后她们坐到了中间的一排座位上。“我平常只是站在后面。”玛格丽特小声说着，“这座位坐着真舒服，不是吗？”

电影里的浪漫甜蜜情节展开时，玛格丽特有几次都偷偷瞥蒂比和贝莉，她似乎迫不及待地想知道她们的反应。蒂比不禁有些心酸，她问自己：在玛格丽特看过的一万多部电影中，到底有多少部是和别人一起看的？

布丽吉特辗转难眠。今晚，她睡在星空下的海滩上，即使如此，她还是觉得逼仄，闷得透不过气来。身体的关节和肌肉又开始躁动不安，她觉得这样很危险。

她爬出睡袋，缓缓走向海水。今晚的海水依旧轻柔。如果埃里克在就好了，她渴望和他在一起。

她有了一个点子，这是一个馊点子，但它太具诱惑力了，布丽吉特无力抵抗。

她在沙滩上默默地走着，脚下的沙吱吱作响。小海湾的最北端人迹罕至，布丽吉特知道，埃里克和其他教练合住的宿舍就在那里。

突然之间，她脑海中闪现出了曾经的一幕。那是在妈妈去世后的几个月，一位心理医生写给她的评语。这本应是绝密资料，但她在爸爸的抽屉里看到了。“布丽吉特会一门心思地实现目标。”兰伯特医生这样写道，“甚至会专注到不计后果。”

“我只看一眼就走。”她对自己许下承诺。现在，她已无法停止。她已经在门口了，可以轻而易举地摸到门。宿舍的前门大开，里面有四张床，其中一张是空的。另外两张睡的都是指导员，都是像埃里克这样的大学生。第四张床肯定是埃里克，他穿着短裤，高大的身躯在小床上伸展开来。布丽吉特又走近了一步。

埃里克的脑袋猛地动了一下，他肯定感觉到有人了。他重新倒在枕头上，忽然又猛地抬起头。他看清了眼前的黑影，不禁吓得睡意全消——布丽吉特居然在这里。

布丽吉特一个字也没有说。事实上，她并不是有意这样吓他。但显然，埃里克怕她会开口，他跳下床，跌跌撞撞地冲出宿舍。埃里克拉着布丽吉特的手，把她拖到一片海枣树下，这里没有人。

“布丽吉特，你在干什么？”他仍然睡眼蒙眬，几乎站立不稳，“你不能来这里。”他小声说道。

“对不起。”布丽吉特说，“我并不想惊醒你。”

他眨了眨眼，视线终于清晰了。“你什么意思？”

海风吹乱了她的秀发，发梢在他的胸膛轻轻飞舞。布丽吉特暗想，如果头发也有神经末梢就好了。这晚，她只穿了一件白色 T 恤，只够勉强遮住内裤。不抚摸他真是太难了。“我想你了，我只想看看你是不是睡着了。”

他什么也没说，只是站在那里一动也不动。布丽吉特把双手按在他的胸膛上，满心惊喜地看着埃里克伸出手，把她的秀发轻轻拂到耳后。

他仍在半梦半醒之间，这一切就像梦的延续，他舍不得睁开双眼。布丽吉特心领神会，她张开双臂拥住他，他们的身体紧紧贴在一起。“哦——”他低声呻吟。

布丽吉特想探索他的轮廓。她的手如饥似渴，从他的肩头缓缓下滑，停留在他肌肉发达的手臂上，接着又向上游移，滑过他的脖子，他的头发，接下来又向下游走，掠过他的胸膛，还有结实的小腹。这时，埃里克似乎完全醒了。他颤抖起来，一把扯下她的手退后几步。“我的天，布丽吉特！”他又怒又恼，长叹了一声。布丽吉特也后退了一步。“我这是在做什么？你快离开这里。”

埃里克仍然抓着她的手臂，但现在的动作轻柔多了。他不让布丽吉特碰他，但也不让她离开。“不要这样，告诉我，你以后不会再来这里。”他凝视着她的脸，可他的眼神似乎别有所求。

“我总想着你。”布丽吉特认真地说，“想象和你在一起。”

他闭上双眼，放开了她的手。再次睁开双眼时，他的表情变得决绝了许多。“布丽吉特，你马上走。你要答应我，以后不会再这样。你让我很为难。”

布丽吉特走了，但她没答应他任何事。

也许他的言语并无邀约之意，但布丽吉特就是觉得这是赤裸裸的引诱。

时间会证明一切。

——签语饼

14

“我想坐在这里。”贝莉一边说，一边把椅子拉到咪咪的窝旁坐下。

一看到咪咪，蒂比就想起了一件事。“噢，见鬼。”她咕哝了一声。

“怎么了？”

“我昨天忘了喂它。”蒂比忙着去拿放杂粮的罐子。几个月以来她都没忘记过，可这次是个例外。

“我可以喂它吗？”贝莉问道。

“当然。”蒂比说，但她还是有几分犹豫。除她之外，还没人喂过咪咪。她走到房间另一边，不想在一旁盯着讨人嫌。

贝莉喂完了咪咪重新坐下。

“准备好了吗？”蒂比一边问一边调整麦克风。

“嗯，差不多了。”

“好。”

“等会儿。”贝莉站起身来。

“又怎么了？”蒂比不耐烦地问道。是贝莉自己要求接受采访，拍进她们的纪录片里。可现在她似乎又不确定采访的方向了，真令人费解。

她欲言又止，肯定是有什么想法了。“我可以穿那条牛仔裤吗？”

“牛仔裤……那条有魔法的？”

“是的，我可以借着穿一下吗？”

蒂比疑惑不解。“首先，我觉得你穿真的不合身。”

“我不在乎。”贝莉说，“我可以试一下吗？你很快就要把裤子传给别人了，对吧？”

“好吧。”蒂比不耐烦地从衣柜里把牛仔裤拿出来。她怕洛蕾塔把裤子扔到洗衣机里，还放几勺漂白粉（以前她就这样洗过蒂比的羊毛衫），所以她把裤子藏在衣柜里。“拿着。”她把牛仔裤递给贝莉。

贝莉脱去身上的橄榄绿工装裤。她的两条腿细得像麻秆，颜色惨白，臀部到大腿还青了一大块，蒂比看了简直目瞪口呆。

“我的天，这是怎么回事？”蒂比问道。

贝莉眨了眨眼睛，似乎在说“别问，问了我也不会说”，她迅速穿上裤子。尽管这是一条魔法牛仔裤，但贝莉穿着还是太大了。毕竟她的个子小得可怜。但不管怎样，她还是兴奋不已，她把拖在地上的裤脚提到脚面上来。

“准备好了吗？”蒂比问她。

“准备好了。”贝莉坐回到椅子上。

蒂比拿着摄像机，按下开关。蒂比通过镜头看到的贝莉与平时有些不同。她眼睛周围的皮肤本来就薄得透明，在镜头里看着像是淤青了一大块。“好了，随便聊点什么吧。”蒂比说道，她不知道贝莉想说什么，可她下意识地不敢问太直接的问题。

贝莉把一双光脚抬到椅子上，抱着干瘦的膝盖，下巴搭在前臂上。窗外的光线斜射进来，照得她的头发闪闪发亮。

“随便问我什么都可以。”贝莉挑衅她。

“你害怕什么？”蒂比脱口而出，说完她就后悔了。

贝莉想了一会儿，答道：“我怕时间。”她很勇敢，面对摄像机的镜头毫不怯场。她的眼中没有一丝拘谨和扭捏。“我的意思是，我怕时间不够。”她开始解释，“没有足够的时间了解人，没有足够的时间走进他们的内心世界，也可以说是没有足够的时间让别人了解我。每个人都会下武断的结论，犯冒失的错误，这很让我害怕。时间不够便无法弥补。我害怕只能看到一帧一帧的画面，我害怕看不到整部电影。”

蒂比看着她，不禁惊呆了。贝莉的另一面让蒂比震惊，她的话充满哲理，远远超过了这个年纪的阅历。是癌症赋了她智慧吗？还是化学药物和 X 光使她十二岁的大脑变成熟了？

蒂比不解地摇摇头。

“怎么了？”贝莉问道。

“没什么，只是你每天都在给我新的惊喜。”蒂比说。

贝莉笑了。“我很高兴你愿意接受惊喜。”

卡卡：

我正在邮局给你写信，这快递费也太贵了，我在渥曼两个小时的工钱还不够付邮费，所以它最好明天就到你那里。

这条牛仔裤对我意味着什么呢？我现在还不知道。也许它有意义吧，也许没有。等我知道了再告诉你吧。

你穿这条裤子肯定会比我幸运，因为这世上只有一个卡门·卡蜜拉。

好了，我只能写到这里，窗口里的女士要抓狂了。

爱你的蒂比

吃午饭时，奶奶一直板着脸。奶奶说她什么也不想说。可结果证明，她并不是不想说话，而是不管莉娜和艾菲说什么，她都不想听。她只想自说自话。

“我今天早上碰到瑞娜了，她居然不理我。你们能想象吗？那女人还以为她是谁？”

莉娜开始专心致志地吃盘子里的酸奶黄瓜。奶奶有一点不会变：她永远都有心情做菜。

爷爷到费拉跑业务去了，艾菲在桌子对面对莉娜使了无数个意味深长的眼色。

“卡斯托斯一直都是个好孩子，真是无可挑剔，可谁想到知人知面不知心。”她若有所思。

莉娜很痛苦。奶奶爱卡斯托斯。他虽然有点讨厌，但毕竟给奶奶的生活带来了很多快乐。

“奶奶。”莉娜插话，“也许卡斯托斯，也许他——”

“如果你知道他以前的经历，你就知道他可能会有问题。”奶奶仍然自顾自地说着，“不过我以前从来没看到他有什么不对劲的地方，真是想不到啊。”

“什么问题？”艾菲很好奇。

“奶奶，也许事情不是你想象的那个样子。”莉娜战战兢兢地说，她和艾菲的声音同时响起。

奶奶疲惫地看了看她们。“我不想谈这个。”她说。

莉娜和艾菲见吃得差不多了，迅速地把盘子洗了闪人。

“发生什么事了？”艾菲脚还没踏出家门就问道。

“唉。”莉娜叹了一口气。

“我的天，你们都怎么了？”艾菲很着急。

莉娜有些心力交瘁。“听着，艾菲，不要吼也不要叫，更不要指责我，先慢慢听我说完，好吗？”

艾菲欣然接受。不过等莉娜讲到打架的那一段时，她就忍不住食言了——她大叫起来。

“不可能！你说的是真的？爷爷居然会这样？我的天！”

莉娜点点头。

“你最好在卡斯托斯说出真相之前把事情的全部经过告诉他们，不然你会觉得自己像个白痴。”艾菲的建议一向都是这么犀利。

“我知道。”莉娜沮丧地说。

“他当时怎么不把实情说出来？”艾菲大声问道。

“我不知道。也许是误会太多了吧。我甚至不知道他是否明白打架的原因。”

艾菲摇头叹道：“可怜的卡斯托斯，他太爱你了。”

“现在不爱了。”莉娜说。

“也许是吧。”

布丽吉特：嗨，洛蕾塔？

洛蕾塔：喂？

布丽吉特：洛蕾塔，我是布丽吉特，蒂比的朋友。

洛蕾塔：喂？

布丽吉特（几乎是在大叫）：布丽吉特！我是布丽吉特！我找蒂比。她在家吗？

洛蕾塔：哦……布丽吉特？

布丽吉特：是的。

洛蕾塔：蒂比不在家。

布丽吉特：你可以告诉她我打过电话吗？我这里没有固定的号码，我只能等会儿再打给她。

洛蕾塔：喂？

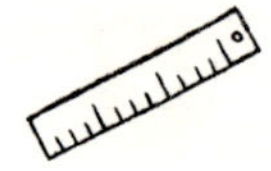

晚饭时间快到了，卡门下了楼，摆好了吵架的架势。今天她穿了魔法牛仔裤，以前的那个卡门又回来了。她拾起了被爱的自信，拾起了吵架的技巧。她需要把真正的卡门带到楼下，她需要让爸爸和莉迪娅看看真正的卡门，不然她会忘记自己的本色，又变成隐形人。

莉迪娅肯定把卡门太胖穿不上礼服的事告诉爸爸了，她肯定还会说卡门没教养。卡门今天准备好把一切都发泄出来了。她很乐意对莉迪娅大吼大叫一顿，希望莉迪娅也骂回来。她需要吵这一架。

“嗨。”克里丝塔正坐在餐桌旁做作业，她抬头向卡门示意。卡门研究她的表情，想找出一些细微的含义。

“卡门，要喝苏打水吗？”莉迪娅亲切地问，她正在把量杯里的米往电饭煲里倒。

爸爸出现在门口，还穿着工作的衣服没来得及换下来。“嗨，宝贝，今天过得怎么样？”

卡门吃惊地看看爸爸，又看看莉迪娅。“我今天过得糟透了！”她很想这样大叫，“一个满口假牙的裁缝侮辱了我。而我表现得像个任性的孩子。”

但她什么也没有说。相反，她只是傻呆呆地望着爸爸，哑口无言。他知道她的感受吗？他知不知道她在这里很痛苦？

爸爸仿佛戴着一副面具，莉迪娅也是这样。“菜真香。”他似乎总需要维持温馨的家庭气氛。

“我做了烤鸡。”莉迪娅一脸满足。

“美味。”克里丝塔机械地说。

这些人是谁？他们是不是吃错药了？

“我今天倒霉透顶。”卡门说，她的机会就这样溜走了。她的心情糟到了极点，可没心思和他们做戏。

爸爸已经快走到二楼了，他得上去换衣服。而莉迪娅则装作什么都没听见。

即使穿上这条裤子她仍然是隐形人，在他们眼中，她不仅无形，而且无声。卡门怒不可遏，摔门而出。谢天谢地，门还能发出“哐当”一声巨响。

三十六计走为上。

——中国谚语

15

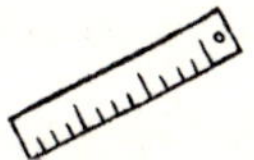

有时，四处走走可以让卡门冷静下来。有时则不能。

卡门一路走着，最后走到了树林边上的一条小溪旁。她知道密林深处有水蝮蛇，真希望有一条蛇能跳出来咬她。

卡门从溪边厚厚的土壤里撬起了一块又大又重的石头，她举起石头往水里砸，溅起的水花把身上的牛仔裤打湿。石头落在溪床上，阻断了一点点溪流。卡门直勾勾地盯着石头四周弯弯曲曲的溪流。过了一会儿，溪水似乎又恢复了平静。水流将那块大石头一点一点冲入河床，然后又畅快地流动了起来。

现在肯定已到了吃晚饭的时间。他们会等她吗？他们会猜测她去哪儿了吗？爸爸肯定听到了摔门声。他会担心吗？也许现在爸爸已经出门找她了。也许他会去北边找，然后叫保罗往南边顺着瑞德利路找。也许莉迪娅的烤鸡已经放凉了，但爸爸却无心理会，因为他只关心卡门。

卡门开始往回家的方向走。她可不想爸爸急得去报警或者发疯什么的。保罗今天早上刚刚从他爸爸那边回来，他也许已经够累了。

卡门加快脚步。这几天来她一直没吃什么，终于感觉有点饿了。前一晚她没有碰盘子里的砂锅炖肉，只是对爸爸说“我心情好才吃东西”。爸爸却什么也没说。

卡门走到前门台阶时，心怦怦狂跳起来，她希望能看到爸爸的脸。爸爸会在家吗？他会不会出门找她去了？如果家里只有莉迪娅和克里丝塔，她可真不想进那个门。

她把脑袋伸进前门四处张望。厨房的灯是亮的，但客厅没有灯光。她蹑手蹑脚地走到房屋的另一边，这样可以看得更清楚。这里很暗，没有人会发现她。

卡门走到硕大的落地窗前，终于看到了餐厅的桌子。这时，她立在原地呆住了。她屏住呼吸，怒火又再次熊熊燃烧起来。怒火涌向她的喉间，她可以尝到愤怒的味道，咽下去后像血一样。怒火向下涌入她的胃，在她的肠胃里打了结。她的手臂死死僵住了，肩膀无法动弹。怒火顶着她的肋骨，隐隐作痛，几乎像树枝一样一折就断。

爸爸没有找她，也没有报警。他坐在餐桌边，盘子里堆满了烤鸡、米饭和胡萝卜。

显然，现在是饭前祷告时间。他一只手牵着保罗，另一只手牵着克里丝塔。莉迪娅坐在他的正对面，背对着窗户。他们四个人亲亲热热地拉着手，连在一起活像一只花环，每个人都低着头，多么幸福美满的一家。

爸爸、妈妈和两个孩子。窗外站着一个满腔妒火的女孩，她是多余的，只能望着窗子里面。她是隐形人。怒火快要将她吞噬，她再也无法克制。

卡门冲下台阶，在地上捡了两块顺手的小石头。她的行为已不再受大脑控制，她走上台阶，石头从手中飞出。第一块砸在窗框上，第二块正中窗户中心，她听见了玻璃破碎的声音，看见石头飞过保罗的头顶，重重地砸在墙上，最后落在地上，滚到了爸爸的脚边。卡门在窗外站了很长时间，爸爸抬起头，透过窗户上支离破碎的洞口，终于看到了卡门。他知道是卡门干的，他们相互对视，彼此心知肚明。

然后，卡门拔腿就跑。

蒂比：

我喜欢在室外淋浴。我喜欢仰望天空。我甚至已开始去外面上厕所了，毕竟憋在室外封闭厕所里太恶心了。我是只小野兽，这样形容贴切吧。你会讨厌这里所有的嘎吱嘎吱声，蒂儿，但我觉得很好。一想到要在天花板底下淋浴，我就会犯幽闭恐惧症。如果我以后都去后院上厕所，你觉得会有人注意到吗？哈哈，我只是开玩笑而已。

我觉得我不适合生活在室内。

爱你的思想大师布布

莉娜买了一包点心，还向面包店的女士问了去铁匠铺的路。“再见，漂亮的莉娜。”面包店的女士说。村子很小，现在所有的村民都知道她是“害羞、漂亮”的莉娜。害羞是老年人的善意理解，年轻人就没那么好心了，他们觉得她就是傲慢。

离开面包店后，莉娜向铁匠铺走去。铁匠铺是一栋低矮的独立式红砖建筑，前门有一个小小的院子。铺子里黑漆漆的，从敞开的双层门里望进去，可以看到后院里有蓝黄色的火苗在跳动。现在做马蹄铁和渔船配件真的还有生意吗？突然之间，她心里一阵刺痛，为卡斯托斯和他爷爷难过。毫无疑问，卡斯托斯的爷爷肯定希望孙子将来能接管家族生意，并将生意发扬光大，一直做到下个世纪。不过在她看来，卡斯托斯去伦敦经济学院读书可不是为了在希腊的小村庄里做一辈子铁匠的。

她爸爸的情况也是如此。爸爸是华盛顿的大律师，但爷爷奶奶总觉得可惜，他们觉得儿子应该开餐馆。时至今日，他们还认为爸爸总有一天会开餐馆。“他有做菜这门手艺傍身。”只要一谈到儿子的职业，奶奶总是这么自信地说。这座小岛和外面的世界之间有一道神秘的鸿沟，就像老人和年轻人之间总有代沟、新旧世界之间总有冲突一样。

莉娜忐忑不安地站在院口，现在卡斯托斯说不定在午休。

她的手心汗津津的，几乎把纸袋口揉得稀烂。莉娜莫名其妙地开始担心自己的外表。今天早上她没洗头，现在的发根很可能会油腻腻的。她的鼻子可能也晒红了。

等到卡斯托斯走到门口，莉娜的心狂跳起来。他穿着深色衣服，身上像是沾了煤灰似的，还显得很老派。他的头发乱蓬蓬的，可能是因为刚戴过保护面罩；他还脸色潮红，脸上有汗珠闪闪发光。她凝视着他，心底默念着“请看我一眼”。他没有。卡斯托斯一向彬彬有礼，以前在路上碰到莉娜时，他总会点头示意。但现在轮到卡斯托斯给她冷脸了，莉娜根本没有机会搭腔。

“卡斯托斯！”她终于忍不住喊他。他没有理会。他是听见了故意没理？还是她开口太晚？莉娜无从得知。

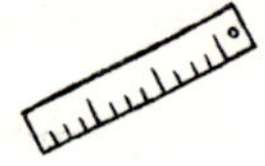

卡门跑了很久，腿开始不听使唤。她一路跑到溪边，然后跨过溪水，一头倒在溪的对岸。她突然想起身上的魔法牛仔裤被弄脏了。可现在她要操心的事太多了，简直千头万绪，所以也管不着裤子了。卡门望着天空发呆，夜空一片漆黑，只余橡树叶影影绰绰的轮廓。她张开双臂，活像钉在十字架上的耶稣。

卡门在那里躺了很长时间——起码有几个小时，但她说不清到底有多少个小时。她想祈祷，可这样会让她内疚，她似乎总在心有所求时才会祈祷，卡门不想让上帝发现自己的存在，她可不想让上帝认为自己是个有所求才会祈祷的女孩，上帝不会喜欢这样的人。她要想重新赢得上帝的恩宠，也许此时只能忍耐，而且以后还要痛改前非，只为祈祷而祈祷。可是上帝啊，人在顺风顺水的时候，谁又会记得祈祷呢？哦，好人，他们会这样。可她不是好人。

不知不觉，月亮已经升到最高处，又落了下来，她的愤怒终于完全消失，理智又回来了。

现在卡门开始想问题了。情感告诉她，她应该回华盛顿的家。但理智又告诉她，她的一切东西——钱、借记卡和一切有用的东西——都在爸爸家。为什么她的理智和情感总是互成陌路呢？她的情感活像一个暴食者，动不动就会坐在高级餐厅点上几百道菜，可临到买单却消失无踪。然后只有理智留下来洗盘子抵饭钱。

“他们不会欢迎你回去。”她对自己的坏脾气——另外一个邪恶的卡门说。

也许她始终都应该让情感做主，就让它来收拾残局吧，让那个理性、谨慎的自己滚开。可大多数时候（老实说，只是有时候）都是理智说了算。

理性的卡门——可怜虫——得在凌晨三点偷偷溜进爸爸的家（他们都睡了，后门是开的。是有人故意给她留门的吗？），悄无声息地拿走自己的物品。尽管邪恶的卡门希望有人听到声响出来找她理论，但理性的卡门还是没有让这个愿望变成现实。

理性的卡门走到车站，在候车凳上一直睡到五点，这个时候开始有头班车了。她上了车，一直坐到市区的“灰狗”长途巴士站。她用手头的现金买了一张去华盛顿的车票，这趟车在路上只停十五站。

是理性的卡门来到了南卡罗莱纳州，现在离开的也是理性的卡门。但这之间“她”都很少现身。

汽车路过查尔斯顿市区时，她望着窗外，公寓楼、商店和餐馆仍在睡梦中。她暗暗希望另一个平行时空中的卡门正在和那个快乐的单身爸爸一起幸福地生活。

亲爱的布布：

我倒霉透了，甚至都没脸写出来。我现在只想用最快、最贵的快递将这个包裹寄给你。不过我要告诉你，这条裤子没能让我变成讨人喜欢的好女孩。我希望你的运气会比我好。我希望什么呢？嗯，我希望这条裤子会带给你——

勇气？不，你的勇气已经太多了。

精力？不，你精力过人。

也不是爱，你得到的爱和给予的爱也多得吓人。

好吧，那就这么说吧，我希望这条裤子能带给你理智。

有点无聊吧，你现在肯定在冲我尖叫，我知道。不过我得告诉你，根据我最近的经验，多一点理智是很好的事。除了理智之外，这世上所有吸引人的品质你都不缺。

好好穿这条裤子。

爱你的卡门

生活真的……唉……爱怎么着怎么着吧。

——凯莉·玛凯特（别名“骷髅精”）

16

早餐时，布丽吉特一直在想着性爱。和她的闺蜜一样，她现在还是处女。她和很多男孩出去玩过，不过都是和一大群人一起玩。她和其中的几个接吻过，但再没有进一步的发展。在这方面，她的好奇心大于身体的欲望。

但她的身体对埃里克却有某种不同的反应，它犹如狂风暴雨，排山倒海，势不可挡，这是以前淡淡掠过的感觉所不能比拟的。她的身体发了疯似的渴望着他，不过她也不知道她渴求的究竟是什么，想要多少。

“你在想什么？”戴安娜问，她拿勺子敲着碗底玩。

“性爱。”布丽吉特实言以告。

“能看出来一点点。”

“哦，真的吗？”

“真的。这和你昨晚去的地方有关系吗？”戴安娜问，她只是好奇，并没有打破砂锅问到底。

“呃，有一点吧。”布丽吉特答道，“昨晚我的确见了埃里克，但我们并不是约会什么的。”

“那你想约他吗？”戴安娜问。

布丽吉特点点头。“我想今晚应该时机成熟了。”她努力摆出自信而不张扬的样子。

“今晚什么时机成熟？”奥莉端着盘子坐下来。

“今晚约会，奥莉。”布丽吉特说道。

“你是认真的？”奥莉问。

“是的。”布丽吉特不想提昨晚发生的事情。这似乎太隐私，她不想什么都说。

“我都等不及想听了。”奥莉有些不相信，她故意激布丽吉特。

布丽吉特禁不住虚张声势。“我也等不及想告诉你。”

雪莉路过她们桌边停住了。“布丽吉特，你有包裹。”

布丽吉特起身。一想到包裹里的东西她就兴奋不已，连头皮都一阵发麻。她敢肯定，她要爸爸寄的东西肯定还没到。爸爸是个抠门鬼，他可不舍得用快递给她寄包裹。这就意味着包裹是……

布丽吉特光着脚跑进大楼，急不可耐地站在电话台前。“有人吗？”她大声喊人。耐心可能是一种美德，不过她才没有这种美德。

康妮的助手伊芙·泼兰走出办公室。“什么事？”

布丽吉特激动得手舞足蹈。“有我的包裹吗？我叫布丽吉特·维兰德。”

“给你。”伊芙白了她一眼。架子上只有一个包裹。她把它递过来。

布丽吉特当场就把包裹撕开了。是它！就是那条裤子。它太漂亮了。布丽吉特想死这条裤子了。虽然它有点脏，特别是屁股那块，肯定有人穿着它在地上坐过。一想到此，她笑了，同时又不禁思念起了朋友们。这条裤子让她觉得莉娜、卡门和蒂比似乎就在身边。卡门可不会在屁股上沾泥巴，这肯定是莉娜或蒂比干的好事。布丽吉特当场就把牛仔裤套在身上的白尼龙短裤外面。

还有一封信。她把信塞进口袋，准备等会再看。

“这条裤子好看吗？”她问伊芙，尽管伊芙很讨厌，但这里只有她在。

伊芙只是看着她。

布丽吉特跑回宿舍穿钉鞋和绿色运动衫。今天是郊狼杯锦标赛第一轮，“玉米卷”队要和五队“沙蚤”队一决雌雄。“戴安娜！看这条裤子！”布丽吉特在戴安娜面前摇晃着臀部。

“这就是那条云游四海的裤子吗？”戴安娜问。

“当然！你觉得怎么样？”

戴安娜盯着她看了又看。“嗯，这是牛仔裤，等会儿有你受的。不过你穿着很好看。”

布丽吉特微微一笑。她飞快地穿上钉鞋，向球场奔过去。

“布丽吉特，你脑子进水了吗？”莫莉一看到她就吼了起来。

“怎么了？”布丽吉特无辜地眨眼问道。

“你穿着蓝色牛仔裤。这里有三四十摄氏度。我们马上就要打第一仗了，这次可是真刀真枪地打。”

“这条裤子与众不同。”布丽吉特耐心解释，“它有……魔力，它会让我神勇无比。”

莫莉摇摇头。“布丽吉特，你踢了很多场球，一直没穿过它。快脱了吧。”

“别这样。”布丽吉特急得跺脚，“求你了，求你了。”

莫莉不为所动。“不。”她又被布丽吉特着急的样子逗得大笑起来，“你这家伙真让人头疼。”

“怕了你了。”布丽吉特依依不舍地脱下牛仔裤，小心地把它叠好放在场外。

在球员们列队进入球场之前，莫莉搂着布丽吉特的肩。“好好踢，布布。”她说，“但不要单枪匹马，听清楚了吗？”

布丽吉特觉得莫莉将来肯定会是一个称职的祖母。不过，她现在只有二十三岁，这真是个悲剧。

哨声一响，布丽吉特就像出膛的炮弹一般冲了出去，但她并没有独领风骚。她将机会让给了队友。在整个比赛中，她一直都在给队友们传漂亮的球。这是一种牺牲行为。她觉得自己像圣女贞德。

“玉米卷”队是头号种子队，而“沙蚤”则名列第六，所以“玉米卷”队占绝对优势。可是，当比分到了 12 比 0 时，莫莉突然召集队员。“好了，队员们，停止进攻。我们不要这么残酷。”她看了一眼布丽吉特，“维兰德，你去换罗德曼。”

“什么？”布丽吉特的肺都要气炸了。布莱特妮·罗德曼是守门员。教练难道是这样感谢她的吗？

莫莉摆出一副不容争辩的表情。

“好！”布丽吉特咬牙切齿地回答，接着气鼓鼓地走到球门前。她这辈子还从没做过守门员。

当然，埃里克偏偏就选这个时候来打探敌情。他一看到布丽吉特站在球门前叉腰的样子就忍不住笑起来。布丽吉特瞪了他一眼，他也原样奉还。不过，他的眼神有些俏皮。

布丽吉特正忙着和埃里克暗递秋波，冷不防一只球飞了过来。她的反应还是很快的，几乎如条件反射一般，一跃而起摸到了球。

她看到所有人都哭丧着脸，莫莉也是如此。布丽吉特立即收手，球飞到她身后滚入球门深处。每个人都欢呼起来。长哨声响起，比赛结束了。“‘玉米卷’队赢，12 比 1。”裁判宣布道。

布丽吉特看了看埃里克。他对她伸出大拇指。她对他屈膝行礼。

牛仔裤会带来好运，即使在场外也如此。

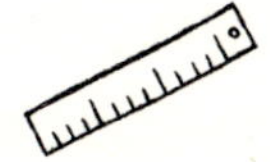

“卡门！我的天！你来这里干什么？”

卡门冲进蒂比的房间，此时蒂比还穿着内裤和 T 恤。卡门回到家放下行李，给正在上班的妈妈打完电话就冲到蒂比家来了。

卡门向蒂比扑过去，弄得蒂比险些跌倒。她重重地吻了一下蒂比的脸庞，然后就大哭起来。

“哦，卡卡。”蒂比把她带到还没有整理的床上，扶着她坐下。

卡门痛哭流涕，浑身颤抖着，胸口一起一伏，几乎快喘不过气来，简直就像个四岁的孩子。蒂比伸开双臂搂住她，她一向都是这么善解人意，蒂比身上的味道很好闻，眼神里写满了关切。卡门觉得放松多了，这里很安全，身边的人是她信赖的好友，她可以放下戒备。她就像个在商场里走丢了的孩子，非要等找到妈妈才哭得昏天黑地。

“你怎么了？到底怎么了？出了什么事？”等到啜泣声渐渐平息了一些，蒂比温柔地问她。

“很可怕的事。”卡门啜泣着，“太糟糕了。”

“告诉我发生什么事了。”蒂比问。她偶尔迷离的目光此时充满担忧，眼睛瞪得大大的，居然有些湿润。

卡门深吸了几口气平静下来。“他们吃晚饭的时候，我扔石头砸破了窗户。"

这当然不是蒂比希望听到的。"真的吗？这是为什么？"

"因为我恨他们，莉迪娅、克里丝塔。"她停顿了一会儿，"保罗，还有他们的愚蠢生活。"卡门仍然余怒未消。

"哦，不过我的意思是，到底是什么事让你这么生气？"蒂比抚摸着卡门的后背。

卡门翻了翻白眼。这问题真要命，从哪里开始讲呢？"他们……他们……"卡门得停下来好好想想。为什么蒂比像审问她似的呢？为什么她不能正常点，直接相信她的感受呢？她的难过不就证明她经历了很糟糕的事吗？"你为什么问这么多？难道你不相信我？"

蒂比睁大双眼。"我当然相信你，我只是……想弄明白事情的原委。"

卡门愤愤不平地说："事情的经过是这样的。我去南卡罗莱纳州本来是想和爸爸一起度过这个夏天。可等我到了——却吓了一跳！他搬家了，还有了一个新的家庭。那里有两个孩子，漂亮的大房子，一切一应俱全。"

"卡门，这些我全知道。我读了你的信，真的。"

卡门第一次发现蒂比露出疲倦的神情。不是那种熬夜后的疲倦，她的疲倦来自内心。她面色苍白，鼻子上、脸颊上的雀斑显得颇为刺眼。

"我知道，对不起。"卡门抢着说。她不想和蒂比争辩，她需要蒂比的爱。"你还好吗？"

“呃，我当然很好。我有些搞不清状况，但还不错，我想是这样吧。”

“你在渥曼上班好吗？”

蒂比耸耸肩。“大多数时候都生不如死。其他时候还是老样子。”

卡门指了指豚鼠的窝。“小豚鼠好吗？”

“咪咪很好。”

卡门站起身再次拥抱蒂比。“真对不起，我不该一来就胡闹。见到你真高兴，我只是有好多话想跟你说，可一时又理不清头绪。”

“没事。”蒂比紧紧地搂住卡门的后背，她们又坐到床上。“告诉我都发生了什么，然后我会告诉你，你是对的，他们是错的。”她信誓旦旦，她一向都是这么斩钉截铁。

“我不对”这三个字冒到了嗓子眼儿，但卡门还是把它们咽了下去。她叹了一口气，一下子倒在蒂比的床上。羊毛毯让人感觉痒痒的。“我想……我只是觉得自己在那里是……透明人。”她慢慢地斟词酌句，“没人看我一眼。我说我不高兴时，没有人听；我任性胡闹时，也没人管我。他们太追求完美了，不好的就不理会。”

“‘他们’一般指的是莉迪娅吗？还是你爸爸？”蒂比犹豫了一会儿才吐出最后一句话。

“是，主要是莉迪娅。”

“你也生你爸爸的气吗？”蒂比小心翼翼地问。

卡门坐了起来。为什么蒂比不帮着她骂莉迪娅？蒂比可是发火大师。她妄下结论，还经常为一点小事大发雷霆。她和你同仇敌忾，还比你更恨你的敌人。“不，我不生爸爸的气！我只恨其他人！”卡门回应道，“我不想和他们有任何关系。我想要他们滚，我想回到以前只有我和爸爸的日子！”

蒂比往后移了一点点，眼神变得谨慎而稳重起来。“卡卡，你有没有觉得……我的意思是，这真的是……”蒂比把脚放在床上，“也许这并不是世上最糟糕的事，不是吗？”她低头问，“我的意思是，和一些真正糟糕的事相比，它还不是最可怕的。”

卡门看着她的朋友，傻眼了。蒂比什么时候变得这么淡定了？她怎么能这么理智呢？蒂比最爱自怨自艾，还把问题怪罪到其他人头上了。可现在卡门只需要有人倾听，蒂比怎么又在劝她理性呢？

卡门一下子就泄气了。“你站在哪一边，蒂比？”她扔下最后一句话，气鼓鼓地走出了房间。

亲爱的莉娜：

我们正在拍摄纪录片，但这和我预期的不一样。贝莉自告奋勇地做了我的助理。我让她采访邓肯，就是那个不可一世的助理总经理。结果一点都不好笑，这让我很失望。不过还是很酷的。邓肯是我见过的最愚蠢、最可笑的人，可贝莉似乎认为他很有趣。

你那个爱打架的爷爷好吗？艾菲好吗？别太自责，莉莉。我们都很爱你。

蒂比

今天下午是和“灰鲸”队决一死战的时刻。此时，埃里克的球队“椰树”队也赢了第一局。他们明天的对手是“笨蛋”队。再之后就该是郊狼杯的决赛了。布丽吉特觉得“玉米卷”队肯定可以打进决赛。

他们要等到六点，那时太阳西落、气温下降就可以开始比赛了。这次所有的营员都跑出来看球赛。粉红色的灯光明晃晃地照在球场上。布丽吉特看到埃里克和一两个人坐在地上，身下垫了一张格子毯，马西好像说了什么，他们都大笑起来。布丽吉特有些嫉妒。她讨厌其他的女孩逗埃里克笑。

这次她也带了牛仔裤，并小心地把它折叠好放在场外。

莫莉在一旁观察。布丽吉特不喜欢她这种表情。莫莉会不会要她在整场比赛中做守门员呢？“布丽吉特，你是后卫。”

“什么？没门。”

“我说有门就有门，快站到一边去。你今天不许踏过中场线。”莫莉霸道地说，好像布丽吉特这辈子连球赛都没看过。

“加油！布丽吉特！”戴安娜在场外喊道。她和一群姑娘坐在场外的草上，蘸着辣酱吃玉米片。

布丽吉特站在后卫的位置。整场比赛她都在为他人作嫁衣，奥莉和乔以及其他姑娘出尽了风头。不过布丽吉特还是很高兴的，至少她粉碎了“灰鲸”队的进攻。

下半场踢到一半时，比分为 3 比 0。布丽吉特看到她的机会来了。这是一次绝佳的机会，绝对不容错过。边线附近出了事，场面乱成一团，几乎所有球员都不在原本的位置了。布丽吉特冲到靠近中场的位置，“灰鲸”队的地盘几乎无人防守。奥莉把球传入场内，她用余光瞥见布丽吉特。布丽吉特小心地站在中场线后，一下子就截住了球。她飞起一脚，球在空中形成一条高高的弧形，如闪电般直冲球门。人群顿时安静了下来。每个人的眼睛都盯着球。守门员跳了起来，她高举双手，可还是没能够着，球飞过她的头顶，最终落入了球网的角落。

布丽吉特直勾勾地盯着莫莉。整个场外就她一个人没有欢呼。

“布布！布布！布布！”戴安娜和她的朋友们欢呼起来。

在这之后，莫莉把布丽吉特赶下场了。布丽吉特有些怀疑明年这里还会不会接收她。她坐在地上蘸辣酱吃玉米片，尽情享受嘴巴被辣过之后的快感和肩头的最后一缕阳光。

你将会犯各种各样的错误：

不过只要你豁达大度、真诚待人，而且知错能改，

你就不会伤害这个世界，甚至也不会让她伤心。

——温斯顿·丘吉尔

17

莉娜得重拾画笔了。她在外面晃荡了好多天，总希望能见到卡斯托斯，等他回头看她一眼，等他告诉所有人事情的真相——她几乎渴望他这么做。有一半的时间莉娜觉得自己是真的没法和顽固的爷爷奶奶谈这事，可另一半时间里，她觉得这事是可以谈的，自己不过是在自欺欺人。她在为自己的别扭找借口。

她没心情和艾菲去咖啡馆喝咖啡，尽管那里的男招待很帅。下午的时候她也没心情去卡玛瑞海滩踩滚烫的黑沙玩。她更没心情走过杜纳斯的家再下山去铁匠铺，她知道一切都是徒劳。是呀，自己真是可怜又可憎。她得重拾画笔了。

莉娜想重返泉池边的橄榄树下。她画了这么多画，最喜欢的还是橄榄树的那张。那次她发火，画被她揉花了一点点，但大体还是完好的。今天她把帽子和泳衣装进背包，以备不时之需。她觉得自己重回旧地真是勇敢。对于害羞的莉娜而言，一点小小的举动就足以配得上“勇敢”二字。

上山的路比九天之前更陡了，岩石和草甸之间的过渡地带也更显突兀。当那片郁郁葱葱的小树林映入眼帘时，莉娜不禁心潮澎湃。她来到了上次来过的地方，隐隐约约还能看见地上的三个洞，那是上次她放画架留下的。她小心翼翼地支起画架，在调色板里挤了几滴新鲜的颜料。她喜欢颜料的味道，很好闻。

莉娜用银色、暖调棕色，还有绿色和蓝色来描绘橄榄叶——这些橄榄树叶需要的蓝色比你想象的多得多。每片叶子似乎都倒映着一小片天空。她聚精会神地画着，慢慢进入状态。这时的感觉最安全，她和大多数人不一样，她宁愿长时间处于这种状态。有一种冬眠蛙在冬天的时候一点心跳都没有，非常诡异，她就像那种青蛙。不过她喜欢这样。

有水花声。她抬起眼睛，精神高度紧张，进入戒备状态。她眨眨眼，强迫眼睛从绘画状态中走出来，恢复三维模式。水花声再次响起。有人在泉池里游泳吗？

莉娜本以为自己有百分之百私密的空间，却发现事实并非如此。她最恨这种感觉了。

她抛下画架，向旁边走了几步，躲在一棵树后偷偷观望，从这里可以看到泉池的一部分。有一个人的脑袋，只是后脑勺。一阵沮丧之感涌上来，莉娜咬紧牙关，这个地方本来是她的。为什么其他人硬要来这里呢？

此时也许是转身离开的最佳时机。可莉娜却向前走了两步，准备再看清楚一点。水中的身影转过头来，莉娜终于看清了——那个人居然是卡斯托斯！此时，他正在浅浅的泉池中，一眼瞥见莉娜正在吃惊地看着他。

这一次，卡斯托斯赤身裸体，莉娜穿着衣服，但两人的表情还是和上次一样。莉娜浑身颤抖，满脸通红；卡斯托斯镇定自若地站在那里。

上次她恨他，这次她恨自己。上次莉娜以为卡斯托斯是个虚荣放肆的混蛋，这次她知道了，其实自己才是混蛋。上次莉娜老想着自己半裸的身体，一直耿耿于怀，这次她想的是卡斯托斯的裸体。

上次卡斯托斯没有窥探她，他也没有跟踪她。上次他们的目光相遇时，他很可能也吓傻了。

莉娜本以为卡斯托斯闯进了她的私密领地。现在她知道了，其实这块地方是卡斯托斯的，原来自己才是不速之客。

莉娜：

我有预感，今晚会有大事发生。虽然我不知道会发生什么，但我有牛仔裤。仿佛你、蒂儿和卡门都在我身边，所以肯定是好事。

我现在想死你了。我们分离差不多有七个星期了。替我吃一块希腊菠菜派，好吗？

布布

布丽吉特穿着牛仔裤和背心钻进睡袋。这也是裤子的魔力之一——天气这么热，穿着它却一点都不觉闷热。她猜冬天时穿着它肯定会觉得暖和厚实。

当然，布丽吉特又睡不着了。她辗转反侧，双腿蹬来蹬去，一刻也不能安宁。她不能在营地周围游荡，因为肯定还没开始干坏事就被逮到了。所以她向海岬走去，坐在岩石上，把裤脚卷到膝盖上，然后把脚浸入海水晃来晃去。她突然希望自己有一根钓鱼竿。

布丽吉特记得小时候，她和弟弟经常去切萨皮克的东海岸玩。他们每天都钓鱼。在她的记忆中，这差不多是弟弟唯一的户外活动了，他每天都把钓到的最大的鱼带回家，还学会了刮鳞剖鱼。布丽吉特则每天都会把钓到的鱼放生。事隔多年之后，布丽吉特一想到怀伊河的鱼，就想象着每一条鱼嘴上都有一个洞。对此她深感悔恨。

她不记得那时候妈妈在那里的情形，尽管她知道妈妈在那里。也许那时妈妈很疲倦，整天都躺在床上，她总把百叶窗关得严严实实的，不想看见阳光。

布丽吉特打了个哈欠。她疯疯癫癫的劲头逐渐消失，身体终于陷入深深的疲倦。也许今晚应该只睡觉，把冒险留给明天。

或者她现在可以去找他。这想法对她来说就像一个挑战。好，想做就做。布丽吉特的激动劲儿又冲上来，疲倦的小腿再次兴奋得几乎抽筋。

所有的灯都关了，现在已经很晚了。布丽吉特看看身后，她的睡袋孤零零地躺在沙滩上。她沿着湿滑的岩石，踮着脚尖小心翼翼地走。

他在等她吗？他会暴跳如雷吗？还是像温顺的小绵羊？还是两者都有呢？

她在逼他，她心里清楚。她也在逼自己，但太难收手了。

布丽吉特悄无声息，如鬼魅一般在他的门口一晃而过。埃里克没有睡着，他坐起来了，他一看到她便下了床。布丽吉特从小小的门廊一跃而下，穿过棕榈树直奔海滩边的树林。他赤裸着上身，只穿一条短裤，在后面一直跟着她。他没必要跟她出来的。

布丽吉特心里暖暖的。她向埃里克走去。“你知道我会来吗？”她问。

夜太黑，她看不清埃里克的表情。“你不该来。”埃里克说，然后沉默了很长时间。“但我希望你来。”

布丽吉特喜欢做爱情白日梦，在绝大多数的这种梦境中，她的想象力只是纠缠于搭建布景、快进和快退，快退、快退。在她的想象中，她已经有了无数次狂野的初吻，一次比一次更美妙。但除了吻之外，她就想象不出别的什么了。

离开了埃里克很久之后，她钻进睡袋，浑身颤抖，眼睛睁得大大的，泪水不住地缓缓滑落。也许是因为忧伤，也许是因为陌生感，也许是因为爱。她在情绪迸发到极点的时候总是这样哭。她需要整理一下心情。布丽吉特仰望天空，今晚的夜空无边无际。今晚她的思绪也无边无际。就像戴安娜说过的那样，思绪会没有边际，会一直飘啊飘，直到一切都变得不真实。连思绪本身都变得不真实，连思考的行为也变得不真实。

她依着埃里克的身体，心中充满渴望，既犹豫又大胆，还有几分害怕。体内仿佛掀起了狂风暴雨，当风暴强烈到无法承受时，她飞了出去。她觉得自己的身体飞上了棕榈树。她以前就这样飞过。她决定让内心的小船随意漂流，无须船长掌舵。

他们之间的亲密关系难以捉摸，直到现在她也没想明白。他们的关系摇摆不定，等她去稳住它，可她却不知道该怎么做。

布丽吉特决定收回思绪，就像收回风筝线一般。

她小心地把睡袋卷好夹在腋下。她悄悄溜回宿舍，平躺在床上。今晚她只能想头顶那些旧木板了。

蒂比：

我觉得自己真是个白痴。我太傻了，居然以为卡斯托斯爱上我了，居然以为他跟踪我，偷看我在泉池里裸泳。我又回到了那个地方，结果发现他在那里游泳。

是的，他一丝不挂。他很可能每天下午都会去那里游泳，我居然以为他跟踪我。

还有一件事。我现在一直在想着他的裸体（哦，我的天哪），还有尖叫声（是我发出的），还有我傻乎乎的样子。不过你猜怎么着？卡斯托斯终于看我了。过了这么多天，他终于看我了。

如果你在这里，你肯定会逗我笑的。我真希望你在这里。

爱你的莉娜

附：你最近有布布的消息吗？

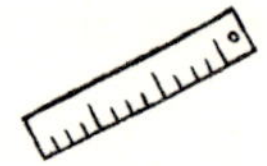

电话响了。卡门看了一下来电显示屏，她知道不是她的电话。谁会给她打电话吗？蒂比？莉迪娅？有可能是克里丝塔吗？不，是她妈妈的老板。她妈妈的老板总是打电话过来。卡门的妈妈是律师事务所的秘书，不过她的老板似乎以为她是保姆。

“克里斯蒂娜在吗？”布拉托先生火急火燎地问，他总是这样。

卡门看了看冰箱上的挂钟。晚上十点十四分。他为什么十点十四分还打电话过来？也许是丢了记事本、按错了电脑按钮或不知道该怎么系鞋带。“她在医院里照看外婆，外婆病得很厉害。”卡门可怜巴巴地说。其实妈妈现在正在楼上看电视，而且外婆很可能会比儿孙们活得还长。布拉托先生这么晚还打电话，卡门存心要他难堪或内疚。“她半夜会回来，那时我会叫她回电。”

“不，不用了。”布拉托先生忙不迭地拒绝，“我明天再找她。”

“好的。”卡门又开始吃东西了。布拉托先生唯一的优点就是给妈妈付高薪，而且从来不敢拒绝加薪。不过卡门猜这可能是因为害怕，而不是因为慷慨。不过这和她无关，管它呢。

卡门在厨房的餐桌上摆了四样零食——橘子、一袋“金鱼”

饼干、一块切达奶酪和一袋杏仁干。今晚的主打食品是橘子。

自从离开南卡罗莱纳州之后，卡门在家待了差不多两个星期，不管吃什么都觉得寡淡无味。她晚饭都只吃一小口，现在终于饿了。很好，卡门抓起袋子，从里面取出一粒杏仁干。她尝了一下，外皮很软，里面的杏仁很硬。突然，她有一种强烈的感觉，觉得她在嚼人的耳朵。她立刻把果肉吐到垃圾桶里，顺手把其他零食都扔了。

卡门上楼探头看了看妈妈的房间。电视里还在放陈年老剧《老友记》。“嗨，宝贝。想和我一起看吗？罗斯劈腿背叛瑞秋了。”

卡门无精打采地走在过道里。妈妈不应该这么关心罗斯和瑞秋。在妈妈没完没了地看这部肥皂剧以前，卡门还是很喜欢它的。她猛地扑倒在床上。她得用枕头把脑袋蒙住，妈妈的笑声太大，几乎要把墙给刺穿了。

卡门对自己发过誓，她不会受妈妈干扰。她不会发怒抱怨，也不会叹气翻白眼。她得争取父母的爱，至少得争取其中一个的爱。卡门一个人的时候这样发誓倒是容易。不过等她真正面对妈妈时，这个誓言就很难坚守了。妈妈总是犯一些不可饶恕的错误，比如看《老友记》时狂笑或称她的笔记本为“Vaio”[1]。

卡门呆坐在床上，盯着墙上的日历。虽然没有标出爸爸

---

1 原索尼旗下的笔记本电脑品牌，现已独立。

结婚的日子，但她记得很清楚，只有三个多星期了。如果她不参加，爸爸会介意吗？

卡门离开南卡罗莱纳州的当天，爸爸打电话给妈妈聊了几句，他只是想知道卡门已安全到家。一个星期前他又给妈妈打了电话，他们只是商量给卡门买牙科保险的费用问题。他们谈话时一直在说“免税”，次数多得让卡门难以相信。爸爸没有找卡门说话。

当然，卡门也可以打电话给爸爸。她可以道歉，或者至少也可以解释一下。但她没有。

内疚就像一只小猫（虽然她从没养过猫），它在卡门的腿边晃来晃去，然后跳上床，一点一点地靠近她撒娇。“滚开。”卡门对内疚说。她想象这只猫在她身边窜来窜去，它的尾巴刷过她的脸。卡门最不想内疚的时候，内疚总是和她纠缠不休。猫总是缠着对它们过敏的人。

卡门无法忍受，一点也不能。她把内疚扔出去，任它尖叫呼号。

她的脑海中又浮现出爸爸的脸。爸爸透过那扇支离破碎的玻璃窗望着她，脸上的表情远不只是惊讶。爸爸只是没有反应过来，他心中的卡门不应该那么邪恶。

“好吧，你还是过来吧。”内疚的猫在她的肚子上踩奶[1]，然后蜷缩着睡了很久很久。

---

1 猫的一种恋母表现，在柔软的地方用两只前爪蹬踩。

为心之所求许愿，为急切之需努力。

——卡门的外婆

18

“你猜怎么着？”艾菲兴奋得满脸通红，脚都不自觉地在瓷砖地面上敲起了踢踏舞节奏。

“怎么了？”莉娜捧着书，抬起头来问她。

“我吻他了。”

“谁？”

“男招待。”艾菲几乎尖叫起来。

“男招待？”

“就是那个男招待！我的天！希腊男孩的吻功太销魂了，美国男孩根本没法比！”艾菲侃侃而谈。

莉娜没法相信妹妹的话，她没法相信她和艾菲是由同一对父母所生。当然不可能了，她们中间肯定有一个人是领养的。艾菲和父母长得一模一样，所以莉娜就应该是领养的。也许她是爷爷的私生女，也许她真的是在圣托里尼出生的。

“艾菲，你和他接吻了？那加文怎么办？你有男朋友的。”

艾菲无所谓地耸耸肩，她的快乐让她没有一丝内疚感。“你说过加文身上臭烘烘的，像猪皮一样。”

她的确说过。“但是艾菲，你甚至都不知道那个男孩的名字！你当他的面叫他‘男招待’吗？这是不是太没礼貌了？”

“我知道他的名字。”艾菲不为所动，“他叫安德里斯，今年十七岁。”

“十七岁！艾菲，你才十四岁。”莉娜责备道。她自己都觉得自己像个老古板校长。

“那又怎样？卡斯托斯十八岁了。”

现在轮到莉娜脸红了。“这不一样，我可没和卡斯托斯接吻过。”她急忙辩护。

“那是你的错。”艾菲扔下这句话就开门出去了。

莉娜把书往地上一扔。事实上，她根本没看书。她脑子里乱糟糟的，心情坏到了极点。

艾菲十四岁，她吻过的男孩比莉娜多得多。莉娜长得比她漂亮，但不缺男朋友的人却总是艾菲。等到艾菲老了，她一定是个快乐的老奶奶，她会儿孙满堂，会有很多爱她的人围绕在她身边。而莉娜肯定会是个古怪憔悴的老姑婆，别人只有施舍同情的时候才会搭理她。

莉娜把画画的工具从包里拿出来，在房间里搭起了画架。她盯着窗外的风景。可当她举起歪歪扭扭的炭笔放在画纸上时，她的手没有画直线。她画的是曲线，这是一张脸。接着是脖子、眉毛、下巴，然后是下巴上的阴影。

她的手上下挥舞，即兴挥笔，没有了平时的严谨。发际线应该是这样的，鼻孔应该是这样的，耳垂是什么样的呢？她闭上双眼，回忆他耳垂的确切形状。莉娜似乎屏住了呼吸，心也停止了跳动。他肩膀的粗略线条落在了纸端，现在是他的嘴，人的嘴一直都是最难画的。她闭上双眼，他的嘴……

再次睁开双眼时，她想象真正的卡斯托斯正立于窗下。突然她发现，卡斯托斯真的就在窗下。他向上看，她向下看。他看到她了吗？他看到她的画了吗？哦，不。

莉娜的心被电了一下，又开始恢复跳动，继而狂跳起来。冬眠蛙的心跳速度在夏天是否会加倍呢？她很想知道。

昨晚还是朋友的女孩子们今天早上全变成了趁火打劫的秃鹫。

“进展如何呀？”奥莉一坐在布丽吉特的床上就瞪大了双眼盘问起来。

戴安娜正在穿衣服。她看到布丽吉特睁开了惺忪的睡眼，也热情地凑过来。

甚至艾米丽和萝西也围了过来。胆小谨慎的女孩子们总是对天不怕地不怕的女孩又爱又恨。

布丽吉特坐起身来，昨夜的记忆开始慢慢复苏。在睡梦中，她又变成了昨天的布丽吉特。

她看着这些女孩子，她们的眼神充满了好奇——甚至有些饥渴。

布丽吉特看过很多电影。她从来没想到她跟埃里克的经历居然会……这样私密。她觉得这像一次短途旅行，她很想将这次冒险作为吹嘘的资本，引以为豪。可最终她没有，她感觉她的心像是被钢丝球擦了一般，脆弱得生疼。

“来嘛。”奥莉急了，“告诉我们。”

“布丽吉特？”这是戴安娜的声音。

今天早上，布丽吉特的声音很低沉，失去了往日的意气风发。“什么也没有。”她吐出几个字，“什么也没发生。”

布丽吉特眼神犹如鬼魅，她看出奥莉在重新审视她。哦，与性无关，真扫兴。

戴安娜的眼神则充满了不确定。她的直觉告诉她，布丽吉特没说实话。但戴安娜也不是不信任。她等其他人都散了之后，拍了拍布丽吉特的肩。“你没事吧，布布。”

她的善良让布丽吉特几乎落泪。但布丽吉特不能说。而且她也不能看戴安娜，不然她怕自己会说出来。“我今天很累。”她望着睡袋说道。

“要我帮你带早餐吗？”

“不，我等会儿自己去。”她答道。

布丽吉特很高兴她们都走了。她又蜷成一团昏昏睡去。

过了一会儿，营地的工作人员雪莉过来看她。“你没事吧？”她问布丽吉特。

布丽吉特摇摇头，但她并没有从睡袋里爬出来。

“几分钟后是‘椰树队’和‘笨蛋’队的半决赛，你要看吗？”

“我想睡觉。”布丽吉特说，“我今天很累。”

“好吧。”雪莉转身准备走，“真奇怪，你居然也会疲倦。”

戴安娜几个小时后回来了，她告诉布丽吉特“椰树”队把“笨蛋”队杀得片甲不留。所以决赛时将是“玉米卷”队和“椰树”队的对决。

“你去吃午饭吗？”戴安娜问。她虽然嘴上不说，但满眼都是担心。

“也许等会儿再去。”布丽吉特答道。

戴安娜抬起头。“别这样，布布，快起床。你怎么了？”

布丽吉特自己都不清楚自己为什么会这样，相反她还需要别人给她解释一下。“我累了。”她说，“我就是这样，有时候需要补觉，会睡一整天。”

戴安娜点点头。她好像明白了，布丽吉特是反复无常的，这是她的另一面。

“要我带点吃的吗？你肯定快饿死了。”

布丽吉特“饿鬼”的外号已经传开了。但她现在不饿。她摇了摇头。

戴安娜迷惑不解。“太奇怪了。我们一起待了差不多七个星期，我都没见你在室内待足三分钟。除了睡觉之外，你从来就不会安静一会儿。你到点必吃，绝不会耽误一顿饭。”

布丽吉特不以为然。“我之中，有无数的我。”她说。她想这句话应该源于一首诗[1]，不过她也不能肯定。她爸爸喜欢诗，在她小的时候还经常读给她听。那时她可以安安静静地坐着。

---

1 这句话来自惠特曼的《自我之歌》。

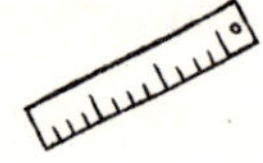

爸爸：

请收下这些钱，我把窗子砸碎了，你需要钱换块玻璃。不过我敢肯定，玻璃应该已经换好了，因为莉迪娅那么顾家，如果家里有外面的热气进来，她肯定会发疯的。但是……

亲爱的阿尔伯特：

我很讨厌莉迪娅的房子——我指的是你和莉迪娅的房子，但我不会告诉你原因。在抵达查尔斯顿之前，我从来没有想到……

亲爱的爸爸和莉迪娅：

我要向你们道歉，我不该惹恼你们。我知道这全是我的错，但如果你们能好好听我说完一句话，我也不会这样。

亲爱的爸爸、莉迪娅、克里丝塔和保罗：

我希望你们能组建一个快乐的金发家庭。愿你们在有生的日子里，有话都不要直说，全憋在心里。

附：莉迪娅，婚纱显得你的手臂很粗。

卡门打开一张软垫信封，将自己所有的现金都扔了进去。一百八十七美元。她想放九十美分的零钱，但这有点像七岁小孩会做的事。而且，寄这样的硬币，邮费很可能就会超过九十美分。她可是有数学天赋的，才不至于这么傻。

卡门没有把便条放入信封，而是直接封口了事。她认真地写下寄信地址和回邮地址，便冲出门趁邮局还没关门把信给寄了。谁让妈妈老是抱怨她在家里无所事事呢。

在一个闷热的午后，莉娜仰躺在瓷砖地面上，茫然地盯着天花板，脑子里想的却是布丽吉特。布丽吉特的最后一封信让她很担心。布布太率性，有时疯疯癫癫，不顾后果，这让莉娜很害怕。一般来说，布布总是战无不胜、志得意满，但有时她却会摔得很惨。

不知道为什么，莉娜想起了以前做过的梦。在梦中，她是一座小小的房子，伫立在悬崖边上，她得用白石灰色的手指紧紧抠住悬崖。她知道自己必须紧紧抠住，下面是万丈深渊，一不小心便会坠入火山。她很想松开累得几乎抽筋的手指，任由自己落下去，但另一个她却在警告自己——你不能为了追求快感就往下飞。

奶奶坐在沙发上做针线活。艾菲又不知道到哪里去晃了。莉娜敢用自己的画打赌，艾菲肯定又在和那个男招待接吻。

不知道为什么，一想到布丽吉特或那个梦，或者一想到这个闷热的午后，莉娜就会胡思乱想，各种各样的想法不断冒出来。“奶奶，为什么卡斯托斯和他爷爷奶奶住一起呢？”

奶奶叹了一口气。让莉娜惊讶万分的是，她居然回答了这个问题。“这是个悲惨的故事，小羊羔。你真的想听吗？”

莉娜并不确定，但奶奶继续说了下去。

“卡斯托斯的父母像很多年轻人一样，他们去了美国。”

她说道，“他们在那里生下了卡斯托斯。”

“卡斯托斯是美国公民？”莉娜问。

莉娜觉得燥热异常，连脑袋都无法扭动。但最后她还是扭头了。奶奶点点头。

“他以前住哪里？”

“纽约。”

“噢。”莉娜叫了一声。

“他父母生了卡斯托斯，两年后他们又生了另一个男孩。”

这一定是个很惨的故事，莉娜不禁浮想联翩。

“卡斯托斯三岁时，他们一家人冬天开车到山里玩，遇到了可怕的车祸。卡斯托斯失去了父母和襁褓中的弟弟。”

奶奶停顿了一下。在四十六摄氏度的高温之下，莉娜却觉得一股寒气从脚底直涌上来。

奶奶又开口说话了，她的声音充满了伤感。“有人把小小的卡斯托斯送到这里交给他的爷爷奶奶。在那时，这差不多是最好的结局了。”

奶奶今天的情绪很奇怪，莉娜暗暗看在眼里。奶奶沉浸在回忆中，眼神很放松，充满了怀旧的忧伤，以前她很少这样。“他在这里慢慢长大，成了一个希腊男孩。我们都爱他，伊亚的所有村民一起养育了他。”

“嘿，奶奶。”

“怎么了，小羊羔？”

时机成熟了，她再也不会拖延时间逃避了。“其实，卡斯托斯从来就没有伤害我。他没碰过我，也没有干过任何坏事。他是个好男孩，您没有看错人。”

奶奶长舒了一口气。她把针线活放下，仰躺在沙发上。“我就知道是这样。这事过去一段时间后，我就知道是这样。”

“真对不起，我以前一直没说出来。”莉娜郑重地说道。她终于说出了实情，心里放松多了。可同时也感到难过，恨自己等了这么久才说。

“也许你之前一直想方设法地告诉我。”奶奶的语气像是陷入了沉思。

“您会把我的话告诉爷爷吗？”莉娜问。

“我想他已经知道了。”

现在，莉娜只觉得喉咙一阵发涩。她转过身背对着奶奶，闭上双眼暗自垂泪。

卡斯托斯的遭遇让她很难过。不过，在心底的某处，她又为自己感到悲哀。卡斯托斯和布丽吉特失去了一切，但还能勇敢地去爱。可她呢？她什么都没失去却一直畏畏缩缩，真可怜。

因果报应碾压一切教条。

——汽车保险杠贴纸语

19

布丽吉特溜出宿舍来到小小的门廊前，至少在这里可以看到海湾。她拿着笔和便笺纸。她得把牛仔裤回寄给卡门，但今天实在不知道该写什么。

她只能坐在那里咬笔帽。埃里克过来了，一屁股坐在扶手上。

“你好吗？”他问。

“很好。”她答。

“你错过比赛了。”他说。埃里克没有碰她，甚至连看都没看一眼。“比赛很精彩，戴安娜出尽了风头。”

时光开始倒流。埃里克变回为亲切的教练，布丽吉特也仍然是那个疯疯癫癫的营员。他要她假装一切都没发生过。

布丽吉特不知道该怎么回答。“我累了，昨晚让我很累。”

埃里克的脸愀然变色。他伸出双手，只盯着自己的掌心。“听着，布丽吉特。”他似乎在斟酌字句，“昨晚我该赶你走的。我不该看到你经过我门口就跟过去……这是我的错。”

“是我自己去的，与你无关。”他居然敢争夺主动权？

“不过我比你大。我应该……如果别人知道，该挨骂的人应该是我。”

他仍然不敢看她。他不知道该说些什么，只想快点离开。布丽吉特看透了他的心思。“对不起。”他说。

布丽吉特气得把笔朝他的背影扔去。她恨他说“对不起”。

卡门：

这是牛仔裤。我现在很困惑。也许我应该听你的话有点理智，不然也不会落到现在这种下场。

好了，裤子还给你了。你说的理智很好，我真希望我有一点理智。

爱你的布布

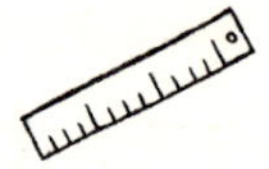

“蒂比，把摄像机关掉。”

“求你了，卡卡。求求你！”

“你可以穿上牛仔裤接受采访吗？”贝莉问。

卡门白了贝莉一眼。“别采访我。你们以为你们是谁？科恩兄弟[1]？”她抢白道。

“卡门，你这辈子能不能闭嘴一次，有一点合作精神？”蒂比的话虽然不顺耳，但并不过分。

“你真招人烦。”卡门又想起了保罗的话，她暗暗对自己说：“你将来会成为一个凶巴巴的老太婆，把口红涂到唇线外，在餐厅里骂孩子。”

“好吧。”她答应了。卡门换上牛仔裤，顺从地坐下。贝莉开始调整摄像机时，她盯着贝莉的脸。这个孩子几乎和蒂比打扮得一模一样。她拿着麦克风和话筒杆，简直就是小号的蒂比。她甚至和蒂比一样都描了紫色的眼线。卡门真想不通蒂比为什么会和一个十二岁的孩子混在一起，不过管它呢。卡门想了一会儿，这不是蒂比的错，因为她的朋友们当时都不在身边。

屋子里静了下来。蒂比调整了一下灯光。这两个制片人

---

1 美国著名独立制片人和导演乔尔·科恩和伊桑·科恩。

都一脸严肃。卡门听见贝莉对着麦克风试音，她那派头像足了丹·拉瑟[1]，只是性别不同而已。“卡门·洛威尔是蒂比的密友，她们的友谊从……”

卡门浑身不自在。“呃……你知道蒂比和我正在闹别扭吧。”

蒂比关掉摄像机。贝莉不耐烦地抬起头，她略施手腕就化解了这场干戈。“你们是最好的朋友。蒂比很爱你，这些都无所谓。”

卡门惊讶地盯着她。“什么？你才十二岁。”

“那又怎样？我说的还是对的。”贝莉反唇相讥。

“我们可以继续开工吗？”蒂比问。

蒂比居然会有清教徒的敬业精神？她是什么时候变成这样的？

“我的意思是，如果不解释一下我俩正在开战，我就觉得浑身别扭。”卡门说。

“没事，你已经对着摄像机说了。”蒂比说。

人多数人都会避免冲突，可卡门偏偏喜欢吵架，而且还有上瘾的趋势。她开始为自己担心了。“你真招人烦。”她又想起了保罗的话。她把双手插入口袋，用手指拨弄着口袋边角中的沙粒。

“我要问问题了。”贝莉说，“你只需做回你自己。”

---

1 美国王牌男主持人。

这世界是怎么了？一个十二岁的孩子怎么这么自信？真该有人马上站出来，给她传染一点奥菲莉亚综合征[1]。“好的。”卡门说道，“我应该看着摄像机吗？”

“想看就看，随你便。”贝莉答道。

“好。”

“准备好了吗？”

“准备好了。”

卡门坐在精心整理过的床上，跷着二郎腿。

“蒂比告诉我，你父亲这个夏天会再婚。”贝莉很快开始了访问。

卡门目瞪口呆，她恶狠狠地白了蒂比一眼，可蒂比只是耸了耸肩。

“是的。”卡门没好气地说。

“什么时候？”

“八月十九日。多谢关心。”

贝莉点点头。“你会参加婚礼吗？”

卡门咬牙切齿。“不。”

“为什么不去？”

“因为我不想去。”卡门答道。

“你生你爸爸的气吗？”贝莉问。

---

1 奥菲莉亚是《哈姆雷特》中一个柔弱顺从、毫无主见的少女。奥菲莉亚综合征的患者无脑爱跟风，听风就是雨，没有独立思考能力。

“不，我不生他的气。”

“那你为什么不去？”

“因为我不喜欢他新家里的人。他们都很讨厌。”卡门知道自己任性，蛮不讲理。

“你为什么不喜欢他们？”

卡门坐不住了，她换了一下腿的姿势。“我和他们处不来。”

“为什么？”

“因为我是波多黎各人，我屁股大。”卡门自顾自地笑了起来。

“你的意思是，你不喜欢他们还是他们不喜欢你？”

卡门伸直了脖子，想了一会儿。“两者兼而有之吧，我想。”

“那你爸爸呢？”

“你这话什么意思？”卡门问。

“我指的是，你们的一切矛盾不都是因他而起的吗？”贝莉问。

卡门站起身来对蒂比摆了摆手。“打住，打住。你们拍的是什么东西？”她摆出一副兴师问罪的架势。

“只是一部纪录片。”蒂比答道。

“好，主题是什么呢？”卡门问。

“就是关于人，以及他们真正在乎的一些东西。”贝莉补充说。

“好，你们真的觉得有人喜欢看我和我爸爸的事吗？”

贝莉耸耸肩。“只要你在乎。”她说。

卡门只是一个劲地盯着自己的手指甲。手指甲被她啃得短短的，手指边上还挂着几处倒刺。

“那你为什么扔石头呢？”贝莉继续问道，“你当时肯定快气疯了吧。”

卡门忍不住开口了。她恶狠狠地盯着蒂比。“我真得好好谢谢你，你把什么都告诉她了吗？”

“只说了重要的事情。”蒂比答道。

不知道为什么，卡门的眼中渐渐溢满了泪水。她不敢眨眼睛，不然眼泪会滚落下来，她不想被摄像机拍到。“我不生爸爸的气。”她一字一顿地说。

“为什么不？”

现在，泪水一颗一颗地滚落了下来。有时眼泪会让你开始可怜自己，然后泪会越流越多。“我就是不生气。”卡门说，“我一点也不恨他。”

说不恨毫无用处。她的眼泪如决堤的洪水，汹涌而下，从脸上流到下巴，再流到脖子上。她隐约听到“咔嗒”一声响，再定睛一看，原来是麦克风和话筒杆被放在地上的声音。贝莉在她旁边坐了下来，用一只手扶住卡门的手肘，这一动作表达了无限的同情，卡门甚至不能完全理解。“不要紧。”贝莉柔声说道。

卡门一下子崩溃了。她把脑袋依在贝莉的脑袋上。她本该叫这个古怪的小鬼滚蛋，现在悔之晚矣。卡门大脑一片空白，忘了摄像机，忘了纪录片，也忘了蒂比，甚至不记得自己有手有脚。这一刻，时间已静止。

良久之后，蒂比坐在她的另一边，搂着她的腰。

“你应该允许自己生气发疯。”贝莉说。

四点零七分，贝莉还是没有来渥曼。蒂比看了看收银台后面墙上的大钟。她在哪里？蒂比一般四点钟下班，贝莉从来都是准时到，从没迟到过一分钟。

蒂比走出自动门。门外热浪汹涌，她瞥了一眼街对面的7-11。贝莉有时会一边等蒂比下班，一边在那里和布莱恩玩《龙圣》。布莱恩今天一个人在玩游戏。他抬起眼睛，蒂比向他挥了挥手，他也向蒂比挥手致意。

四点十八分，蒂比开始心烦意乱起来。每天采访时，她几乎无时无刻不在依赖贝莉。她早已将贝莉的出现视为理所当然。当然，蒂比刚开始时还觉得不自在，但现在一切都不同了。

贝莉是不是在她家遇到什么麻烦了？是不是洛蕾塔不让她进门，她没法拿摄像设备？还是说她突然厌倦了拍纪录片？

蒂比很了解贝莉，她知道以上猜测都不可能成立，但贝莉的确是没出现。她走来走去，又等了八分钟，最后终于跨上自行车离开。蒂比先回了家，贝莉不在。她又骑车回到渥曼，接着又去了贝莉的家。

蒂比敲门，没有人应门。她按了几下门铃，站在门前的走道中间，向上打量贝莉房间的窗户，还是一无所获。这时，一个邻居慢吞吞地走在人行道上，她正好看到了蒂比。

“你找格拉芙曼家的人吗？”这个女人站在格拉芙曼家的

前门口问蒂比。

“是的，我找贝莉。”蒂比答道。

“我记得他们好像几小时前去医院了。”那个女人说。她似乎很难过。

蒂比越来越担心，胸口被压得喘不过气来。“那贝莉没事吧？”她问。

“我不知道。”女人说，“他们在西布利医院。”

“谢谢。”蒂比说完便忙不迭地骑上自行车，朝着医院的方向拼命地骑。

“贝莉很可能只是做个检查而已。”蒂比安慰自己。医生很可能只是抽几盎司的血看看白血病有没有恶化而已。贝莉肯定会没事。有病的孩子会整天待在床上，可看看贝莉，她整天到处跑。

可是，如果只是检查一下，那贝莉为什么会和她约好在渥曼见面呢？蒂比大汗淋漓地走进医院大厅时才想到这一点。这里的冷气开得很足。

她在大厅里踱来踱去，不知该往哪里走。正在这时，格拉芙曼夫人刚好从宽敞的医院大门走了进来。她穿着套裙，手上拎着麦当劳的袋子。

“格拉芙曼夫人，嗨！”蒂比冲到格拉芙曼夫人面前，“我是贝莉的朋友。”这几个星期以来，她一直很反感贝莉称她为“朋友”，不过现在她几乎全忘了。

格拉芙曼夫人点头微笑。“我当然认识你。”

“呃，贝莉没事吧？”蒂比问道。她发现自己的腿在颤抖。天，这个地方的冷气开得太大了，没病的人到这里也会被吹病。“她来这里是做检查什么的吗？”蒂比走在格拉芙曼夫人身边，虽然格拉芙曼夫人并没有叫她一起走。看看现在，到底谁才是跟踪狂？

贝莉的母亲停下来站了一会儿，蒂比没有料到，她都走到前面去了。“你可以陪我坐坐吗？”格拉芙曼夫人问道。

“当然，没问题。”蒂比研究着格拉芙曼夫人的表情。她的眼睛红红的，看起来很疲倦。贝莉的嘴巴长得和她妈妈的有些像。

格拉芙曼夫人带着蒂比走到一处安静的角落，那里有几把椅子。格拉芙曼夫人坐下了，但她对面没有椅子，所以蒂比只能挨着她坐下，身体拼命地向前倾。

“蒂比，我不知道你对贝莉的病情了解多少。我知道她不怎么谈这个。”

蒂比机械地点点头。“她不谈这个。”

“你知道她有白血病，就是血癌。”

蒂比再次点点头。这样的开场白让人很伤感。“但这种病是可以治疗的，不是吗？不是有孩子痊愈了吗？”

格拉芙曼夫人的脑袋似乎往旁边歪了一点，好像重得无法承受一样。“贝莉七岁时就被确诊有白血病。她已经做了八轮化疗和放射治疗，去年还做了一次骨髓移植。贝莉这辈子大半时间都待在德克萨斯州休斯敦的一家治疗中心里。”她忍不住哽咽起来，但很快又恢复了常态，“可不管我们怎么做，癌细胞就是不肯消失。”

蒂比觉得全身发冷，牙齿开始打架，手臂上的汗毛根根倒竖起来。“还有没有别的办法？还有吗？”蒂比的嗓门越来越高，甚至都到了无礼的地步，但她也不想这样。

贝莉的母亲耸了耸瘦削的肩膀。“我们想给她几个月的时间，让她像个健康的孩子一样在这世上生活。”

“你的意思是，你们只是让她等死吗？”蒂比愤愤不平地问道。

格拉芙曼夫人几次都强忍住眼泪。“我们不知道……还能做什么。”她的声音颤抖起来，“贝莉现在感染得很厉害。我们只希望她能熬过这一关。”她抬起头，双眼肿得像桃子，溢满了泪水，“我们很担心，你应该知道。”

突然间，蒂比的胸口一阵生疼，上气不接下气。她的心似乎怦怦狂跳起来，心律乱得毫无章法。

“贝莉崇拜你。”格拉芙曼夫人继续说道。她嘴边的线条开始颤抖起来。“这两个月和你在一起，是她一生中最难忘的时光。她父亲和我都非常感谢你为她所做的一切。”

“我得走了。”蒂比低声说。她的心快要爆炸了，她想一个人安安静静地死，不想死在医院。

你走你的星光大道，我走我的崎岖人生路。

——尼克·德雷克

20

八月初的一个清晨，莉娜和爷爷一起吃早餐，他们还是像以往那样沉默不语。吃完饭后，莉娜收拾好东西朝悬崖上走去，她又来到了那块平地。她要找回她的橄榄林。不，他的橄榄林。

到了目的地之后，她发现这里的色彩变了，已经不复六月的青翠。草地和遍地的野花呈现出一片黄色。树上的橄榄长大了——它们现在是青春期的果实了。山风也变得更猛烈。奶奶管这叫“季候风”。

莉娜来这里也许是想遇见他，她并不确定。但只要一开始画画，她就不会再想其他任何事。调色，画上几笔，看一看，再画上几笔。几个小时过去了，她一直沉浸于其中。毒辣的阳光直射下来，她浑然不觉；四肢酸痛无力，她也感觉不到。

当日头将影子拉得老长的时候，莉娜终于回归现实生活。她用挑剔、世俗的眼光打量着自己的画作。莉娜若是有不同的个性，那她会主动微笑。可性格使然，她是不自觉地嘴角上扬之后，才意识到自己在微笑。

莉娜已经知道这幅画应该给谁了。她要将这幅最得意的作品送给卡斯托斯。

她不敢向他吐露心声。也许这幅画可以代替她本人，也许他看了画之后就会明白——莉娜已经知道这里是他的私人领地，她知道是她错了。

蒂比打电话到渥曼请了病假。她的脚抽筋，眼睛狂跳，鼻环孔感染了。她只想蒙头大睡。

贝莉还在住院，她不想这时候去上班。因为她要是忘记了贝莉四点钟不会来等她，想起来的时候就更难受。

她深情地看了一眼咪咪的玻璃箱。咪咪睡得很沉，和以往有些不一样，它甚至连食物都没有动一下。咪咪的生活节奏那么慢，可它的寿命比蒂比的短得多，不到几年就老了。为什么会这样？蒂比真希望咪咪能永远陪着她。

蒂比走过去拍了拍玻璃箱。咪咪仍然昏睡不醒，不管怎么骚扰都没用，她不禁感到烦躁。她把手伸进箱子，用食指碰了一下咪咪软软的肚皮。

蒂比觉得有问题了。咪咪很不对劲，它没有一丝热气，浑身冰凉。蒂比慌了神，野蛮地抓起咪咪。咪咪从她的手中滑落，仍然一动不动。“咪咪，别这样。”蒂比眼泪汪汪地自言自语，她还以为咪咪只是在假装，在跟她做游戏。“醒醒。”

蒂比用一只手把咪咪举得高高的。咪咪最恨她这样，往往会用尖利的小爪子抓蒂比的手腕。

她意识到这已不再是她的咪咪，而是咪咪的尸体。这只是一瞬间的事，却似乎过了很久。

在她大脑的某处，一道墙悄然而起，将她与现实世界隔离开来。蒂比只沉浸于她大脑中那块小小的虚幻世界。她的想法更像是指挥塔发射的命令，而不是真正的想法。

“把咪咪放回窝里。不，不要，它可能会发臭的，把她拿到后院去吧。”

“不要。”蒂比开始憎恨指挥塔了。她不会再服从指挥塔的命令。

她应该给正在上班的妈妈打电话吗？她应该打电话叫兽医吗？不，她知道他们会怎么想。

蒂比有了一个新的主意。她向楼下走去。今天家里总算安静了一次。她什么也没想，直接就把咪咪放进了棕色的午餐袋，然后把袋口收好，让咪咪舒舒服服地躺在里面。然后，她把咪咪放进了冰箱的冷冻室。

突然，她的脑海中冒出了一幅可怕的画面——洛蕾塔把咪咪解冻，然后往烤盘里一倒。蒂比只好又打开冷冻室，把咪咪藏在凯瑟琳洗礼时剩下的蛋糕后面，这块蛋糕已经冻得不成样子，没人会吃它，也没人会把它扔掉。

好了，咪咪没有死，只是在冰上睡着了。总有一种办法会让它苏醒的，现在的科学这么发达，蒂比非常肯定。也许十多年后咪咪就能醒来，不过在这之前一定要有耐心。这只是个时间问题。

上楼之后，蒂比倒在床上。她从床头柜上拿了笔和纸准备给卡门或布布或莉娜写信，但过了一会儿，她又发现实在没什么可写的。

卡门：

在希腊的每一天我都和爷爷一起吃早餐，我们从来没说过话。是不是很奇怪？他会不会以为我是个怪物呢？我发誓，明天我至少要学三句希腊话，免得没话和爷爷说。如果夏天过完了，我还没能和爷爷说上一句话，那我可真是个废物。

等我们重聚时，你能不能教我如何做个正常人，给我一点建议？我作为一个人类似乎很失败。

爱你的莉娜

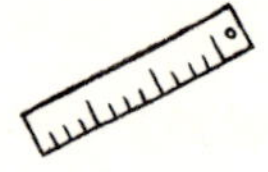

卡门放下一切戒备，扑在妈妈的床上，任妈妈抚摸着她的背。

“我的乖女儿。”克里斯蒂娜柔声低语。

“我生爸爸的气。”卡门对着被子说。

“你当然生他的气。”

卡门翻过身来仰躺着。“我为什么就这么不愿意承认这一点呢？我生你的气很容易，没一点问题。”

“这个我早看出来了。”

卡门的母亲沉默了一会儿，但卡门知道她有话要说。

“你有没有觉得对自己信任的人发火更容易？”妈妈温柔地问道。

“我信任爸爸。”卡门几乎脱口而出，但她还是阻止了自己，思考片刻才说：“为什么会这样？”

“因为你知道，不管怎么发火，他们还是会爱你。”

“可爸爸爱我。”她立即反驳。

“是的。”妈妈表示赞同。她沉默了一会儿，但意味深长地看了卡门一眼。妈妈也倒在床上，躺在卡门旁边。她长叹了一口气后又开始说话了：“爸爸离开时，你肯定很难过。”

“是的，当然。”卡门记得那时自己才只有七岁，只要有人问起，她就搬出爸爸教的那一套话。“他离开是为了工作。

但我们会像以前那样经常见面。这样对我们所有人都好。”那时的她相信这些话吗？如果不信，那她为什么要这样说呢？

“你有一次半夜醒来，还问我爸爸知不知道你很难过。”

卡门侧身躺着，用手托住腮。“你觉得他知道吗？”

克里斯蒂娜顿了一顿。“我想他会告诉自己你没事。”她又沉默了一会儿，“有时人只相信自己愿意相信的东西。”

“蒂比，吃饭了！”这是爸爸的声音。他回家了。

好冷。蒂比穿着法兰绒睡衣和睡裤，却仍然冷得发抖。爸爸肯定又把空调开得很大。自从父母在家里安装了中央空调后，家里一年中起码有四五个月都是完全封闭的。

“蒂比？”

蒂比朦胧地意识到，自己总得应一声。

“蒂比！”

她把门打开了一条缝。“我已经吃过了。”她对着门喊了一嗓子。

“那你也应该下来和我们坐一坐。”爸爸喊道。他的话听起来像建议，所以蒂比觉得可以忽略。她关上门。她知道几秒钟后，尼奇会开始扔豆子，凯瑟琳又会狂吐起来，她老是吐奶。爸爸和妈妈马上就会将蒂比这个闷闷不乐的大孩子抛之脑后。

蒂比摸了摸自己的头发。头皮并不油腻，但从发根到发梢都油乎乎的。她的枕套上会留下一个油印子。

“蒂比，宝贝？”还是爸爸的声音。他没有轻易放弃。

“我等会儿下来吃甜点！”她大声喊道。爸爸等会儿肯定会忘了她。

七点了。她可以看综艺节目，等会儿还可以看华纳兄弟公司拍的节目，这样就可以一直混到十点。她知道，华纳兄弟的电视剧和医疗剧不一样，它们和现实完全脱节。然后，VH1 电视台会播一些华而不实的摇滚纪录片，一播就是几个小时，专门讲一些乐队成员在蒂比还未出生时就吸毒过量身亡的故事。这些都是极好的催眠节目。

电话响了。妈妈怀尼奇的时候，蒂比有了自己的电话线。后来妈妈怀上了凯瑟琳，于是蒂比又有了自己的电视。响的是她房间的电话，所以蒂比知道是她的电话。她蒙头大睡，置之不理。

有时蒂比在厨房里等卡门的电话时，答录机会在三秒钟后立刻抢着接电话。有时电话近在咫尺但没心情接时，它却偏偏要响几个小时，答录机就是不接。好了，答录机终于发出了“咔嗒”一声。

“嗨，蒂比？我是贝莉。”

蒂比如坠冰窟，缩成一团，想离电话远一点。

“我在这里的电话是 555-4648，给我回电，好吗？”

蒂比裹紧毯子仍浑身发抖。她盯着电视里无聊的广告。她很想睡觉。

咪咪在楼下小小的冰箱里冰冻着。她在楼上，在“大冰箱”里冰冻着。

布丽吉特慢吞吞地穿好衣服，今天是决赛的日子。其他女孩已经在球衣上挂了“玉米卷”的标志。以前布丽吉特很爱这一套，可现在她的热情已耗尽。

两支球队都在各自的球门上挂起了五彩纸带。球场边的桌上堆满了西瓜。

布丽吉特的钉鞋松松垮垮的。她知道自己最近消瘦了很多。人要不断地吃饭才能进行正常的新陈代谢。可是，脚也会瘦吗？

“布丽吉特，你跑到哪里去了？”莫莉劈头就问。布丽吉特知道今天早上有非正式的训练项目。

“养精蓄锐去了。”布丽吉特说。

莫莉不太敏感，她没看出来布丽吉特不对劲。布丽吉特也不想她过于敏感。

“好了，‘玉米卷’队。”莫莉喊话了，“今天我们要大战一场，把‘椰子’队干掉。你们昨天都看到了，她们的实力很强。我们要誓死赢得最终的胜利。”

布丽吉特默默记住，心里暗想绝不要说“誓死”二字。

莫莉转身看着她，一脸的期许。“你准备好了吗，布布？你还是前锋，今天你要全力以赴。”

话音刚落，其他球员欢呼起来。而布丽吉特只是木然地站在那里。她被罚做过后卫，做过守门员，连续运球超过两米时还被莫莉吼过。“我可能不记得怎么踢前锋了。”她说。

从一开始，布丽吉特的动作就很慢，一直犹豫不决。她不跟着球跑。球滚到脚下时，她就会一脚踢开。队友们无所适从，她们也无精打采起来。她们早已习惯了跟着布丽吉特的节奏。开赛不到五分钟，“椰子”队便赢了两球。

莫莉对裁判做了一个手势要求暂停。她盯着布丽吉特，仿佛从来不认识她。“加油啊，布丽吉特。给我好好踢！你到底怎么了？”

此时此刻，布丽吉特恨透了莫莉。她向来最讨厌掌权者的打压。“我状态好的时候，你不好好珍惜。现在我没劲了，对不起。”

莫莉暴跳如雷。“你这是在报复我吗？”

“你以前不也报复过我？”

“该死！我是教练！我以前是在叫你停止卖弄，我得把你训练成一个真正的球员。”

“我本来就是真正的球员。”布丽吉特争辩道，然后她就走下了场。

你的行为反映了你的人格，我无暇顾及你的言语。

——拉尔夫·沃尔多·爱默生

21

蒂比一开始拿了一盒恩特曼糕点店的面包圈，可上面的面包屑让她想起了豚鼠的木屑，她立即又跑回厨房把它们塞到橱柜后面。

后来她想吃冰淇淋了，但她不想打开冰箱。于是她抓了一盒恐龙形状的水果糖——这是尼奇的最爱——便直接上楼了。蒂比一边盯着电视屏幕上的瑞奇·雷克[1]，一边不紧不慢地吃着糖，这种花里胡哨的恐龙软糖一下子就被她干掉了八袋。她把八只银光闪闪的包装袋往地上一扔。

看《杰里·斯普林格脱口秀》时，她喝了两升姜汁汽水。再后来她又兴致勃勃地看精彩纷呈的特效片。在那之后，她还看了一会儿电视购物节目。

《奥普拉脱口秀》看到四分之三时，电话响了。蒂比把电视音量调大，她可不想错过奥普拉的每一句话，奥普拉最

1 美国女演员。

有同情心了。

可不管怎么开大音量,蒂比还是听见了答录机传来的声音。“呃，蒂比，我是罗宾·格拉芙曼，贝莉的母亲。”然后便是长时间的沉默。“你可以打电话给贝莉或过来一趟吗？电话号码是555-4648。我们在四楼448病房，出电梯左转。贝莉很想见你。”

蒂比的胸口又剧痛起来，心仿佛被掏空。她的太阳穴隐隐作痛，感觉像受到了脑动脉瘤和心脏病发作的双重夹击。

她望着咪咪的玻璃箱。她真想蜷缩在这柔软的木屑中，这样就可以呼吸着咪咪那种啮齿动物的气息，永远地睡死过去，从此无忧无虑。

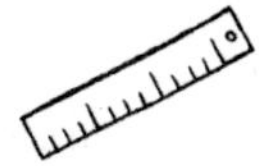

卡门拨了号码，一听到那个女人的声音，真恨不得马上挂掉，但她还是忍住了。“莉迪娅，我是卡门。我可以和爸爸说话吗？”

“当然可以。”莉迪娅忙不迭地说。她还是这么客气，卡门难道真的以为莉迪娅会说什么不客气的话吗？

电话那头马上就响起了爸爸的声音。“喂？”她可以听出爸爸声音中的释然和恐惧。

“爸爸，我是卡门。”

“我知道，你能给我打电话，我真高兴。”他竭力装出高兴的语气，“我收到包裹了，你的体贴让我很感动。”

“噢……很好。”卡门说。她感觉又被拽入舒适区。她可以道歉，爸爸肯定会表示完全理解。然后不到两分钟，他们就会冰释前嫌，生活亦会和从前一样美好。

但她得继续战斗。“爸爸，我有话要说。”

爸爸沉默了一会儿，卡门感到了压力，又不敢说了。或者她本来就不敢说？“说吧。”

说呀说呀，卡门暗暗催促自己，不许回头。“你让我很生气。”她结结巴巴地说。爸爸沉默不语，她的胆子更大了。

她深吸一口气，开始抠手指上的皮肤。“我很失望……你知道的。我以为这个夏天我们两个人会在一起，我和你。我真的、真的希望你能提前告诉我，我不想这么唐突地闯入莉迪娅的家。”她的声音颤抖起来，还有些哑了。

“卡门……对不起，我很后悔没有提前告诉你。这是我的错，真对不起。”

爸爸的话颇具结束语的意味。他又想结束谈话，在伤口继续出血之前及时灼烧止血。

卡门不肯合作。“我还没说完。”她表明态度。电话那头一阵沉默。

卡门用了几分钟时间稳定自己的情绪。“你有了新家，但我真的无法融入。”她没法淡定，声音仍然在发抖，“你有了新家，还有的新的儿女……那我怎么办？”现在她已完全失控，伤心一发不可收拾。胸中腾起了一种以前从未有过的情绪，她尽情发泄。“我和妈妈怎么办？”她痛苦地嘶吼着，一下子放声大哭起来，不管爸爸还在不在听，只管自说自话。

“我和妈妈到底哪里错了？为什么你要走？为什么你答应我……说我们会和以前一样亲密无间？”她泣不成声，只好先深吸几口气，“我们这么疏远，为……为什么你一直还说我们很亲密？”现在她已哭得不可抑止，吐字越来越含糊不清，全是哭腔。她甚至不知道爸爸是否能听明白。

“保罗每个月都可以看他的酒鬼爸爸，可为什么我每年只能见到你两三次？我做错什么了吗？”

她哭得说不出话来，只能一个劲儿地哭，到底哭了多久卡门自己也不知道。最后她终于安静下来。爸爸还在电话那头吗?

卡门把听筒放在耳边听。她听到了压抑的呜咽声，还有呼吸声，啜泣的呼吸声。

“卡门，对不起。”他说，“真对不起。”

她想她可以相信爸爸，因为这是她一生中第一次意识到爸爸也会哭。

第二天下午蒂比仍昏睡不醒。有人敲门了。“滚！”她吼道。

会是谁呢？爸爸妈妈现在都在上班，蒂比已经吼了洛蕾塔无数次，她这辈子怕是不敢过来了。

“蒂比？”

“滚。”她再次吼道。

门开了一半，卡门的脑袋探进来了。她一眼就看到了面如死灰的蒂比，还有地上和床上堆积如山的垃圾。卡门被她吓到了，立刻担心起来。“蒂比，你怎么了？”她温柔地问道，“你没事吧？”

“我很好。”蒂比没好气地说，然后又缩回到毯子里，“请你离开。”她把电视的音量调大。几分钟广告后，奥普拉又杀回来了。

“你在看什么？”卡门问。

窗帘都拉下了，除了电视和满地的狼藉，这里实在没什么可看的。

“奥普拉，她最有同情心了。”蒂比不耐烦地答。

卡门小心翼翼地迈过垃圾山，坐在蒂比的床上。这足以证明卡门非常担心，因为她一向讨厌别人扔的垃圾。“蒂比，告诉我发生什么事了。你吓到我了。”

“我不想说。”蒂比冷冰冰地说，“你快走。”

电话又响了起来。蒂比惊恐万分，好像看到了响尾蛇似的。

“不要碰它。”她命令道。

“哔——”答录机接起了电话。突然，蒂比向电话扑过去，她神经质地找音量开关。电话“啪”的一声掉到地上。

答录机的声音依然很大，清晰无比。“蒂比，还是我，贝莉的妈妈。我想告诉你这边发生的事。贝莉很不好，她感染了，而且……”蒂比可以听到那个女人的哭泣声，抽抽搭搭的，仿佛肺里装满了水。“我们……我们真的很希望你能来。这对贝莉很重要。”她啜泣了一会儿便把电话挂了。

蒂比没有看卡门，她什么也不想看。她觉得卡门的眼光像挖掘机似的，似乎想从她的大脑中挖出点什么。她可以感觉到卡门的手臂搂上了她的肩。蒂比望着别处。眼泪排山倒海般涌来，在眼眶中打转。

“请你离开。”蒂比的声音颤抖起来。

善解人意的卡门吻了吻蒂比的头发，起身便走了。

“谢谢。”蒂比对着她的背影低声说。

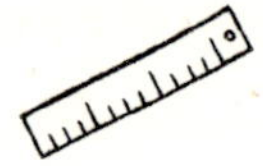

可事与愿违，卡门也很倔强，一个小时后她不请自来，又回到了蒂比的房间。这次她连房门都没敲，就径直走了进来。

“蒂比，你得去见她。”卡门柔声说，她站在床边，惊扰了蒂比的好梦。

“你走。”蒂比无力地吼道，“我动不了。”

卡门长叹一声。“你可以去。我把牛仔裤带来了。”她把裤子放在蒂比的脚边。房间里只有这块地方没有被铺天盖地的垃圾淹没。“穿上它去吧。”

“不。”蒂比断然拒绝。

卡门在房门口消失了。

蒂比浑身发冷，牙关咯咯作响。难道卡门不知道她受到了心脏病发作、脑动脉瘤和鼻环孔感染的三重夹击吗？

她不知不觉昏睡了几个小时，醒来时看见电视里正在放《杰·雷诺今夜秀》，屏幕上的蓝光洒在牛仔裤上。牛仔裤仿佛在说“你是个坏人”。它说得对。蒂比又倒下，牛仔裤压在脚上沉甸甸的，似乎有十多斤重。穿这么重的裤子走得动吗？“给自己一点惊喜。”杰·雷诺告诉她。蒂比盯着屏幕中的他，可他刚才明明没有说这话。

蒂比惊恐万分地跳下床，心狂跳着。如果没时间了怎么办？如果一切已不可挽回那怎么办？

她脱下睡裤套上牛仔裤，然后蹬上一双羊毛拖鞋。她的头发脏到了极点，反而看不出有多脏了。

蒂比走在人行道上时，才突然意识到现在已是深夜，而且她上身仍穿着睡衣。医院的人怎么会让她半夜进去看贝莉呢？探视时间不是晚上八点就结束了吗？

蒂比又折回去，在露天车库找到了她的自行车。时间不多了，贝莉害怕时间。

她在街上飞快地骑着。威斯康星大道上的红绿灯闪烁着黄色。

医院正门的灯几乎全关了，但急诊科的灯还是亮的。蒂比走进去，塑料椅上坐着许多愁眉苦脸的人，她匆匆走过。人在这种地方等上几个小时该是多么无聊，就连急病也不那么急了。

幸运的是，前台的那个女人正低着头。蒂比趁势闪过，到处找电梯。

“需要帮助吗？”一位路过的护士问她。

“我……呃……找我………呃……妈妈。”蒂比撒谎的技术太差。她接着向前走，护士没有追她。她从逃生通道走楼梯到了服务台所在的楼层，在楼梯间里躲了一会儿，确定周围没人了才冲向电梯。

电梯里有位一脸倦色的医生。蒂比搜肠刮肚地找理由，可后来才明白，这位医生根本不在乎她半夜来医院。显然，他脑子里想着更重要的事，相比之下，医院的安全不算什么。

蒂比在四楼走出电梯，便低下头火急火燎地往走道里走。

这层楼很安静。前台在左边，但蒂比看到了一个指示牌标明448 病房往右走。大厅最里边的右侧有一个护士站。她靠着墙壁像蜘蛛一般移动，连大气也不敢出。谢天谢地，448 病房马上就要到了。门是虚掩的，蒂比偷偷溜了进去。

她在狭窄的门廊处停住了。在这里，她可以看到天花板上挂着的电视——屏幕上的杰·雷诺正在讲他的段子，只是没有声音。窗边的椅子上没有陪护的家人。她得逼自己进去。

蒂比害怕见到完全不一样的贝莉——灯枯油尽的贝莉。还好，睡在床上的这个女孩仍然还是她熟悉的那个贝莉，只是她的手腕和鼻子上都缠满了管子。蒂比不自觉地倒吸一口凉气。她控制不住自己的情绪，一下子就崩溃了。

毯子下的贝莉小得可怜，蒂比可以看见她脖子上跳动的脉搏。蒂比轻轻地握住贝莉的手，像鸟的爪子一样细瘦。“嗨，贝莉，是我。”她低声耳语，“渥曼的那个女孩。”

贝莉太瘦了，睡在床上显得空空荡荡的，她身边的空间蒂比坐着绰绰有余。贝莉的双眼一直紧闭着。蒂比把贝莉的手按在自己的胸口，放了很久很久。蒂比开始犯困了，眼皮一个劲儿地打架，她小心翼翼地躺下，头枕在贝莉旁边的枕头上。她的脸可以感觉到贝莉的发丝，柔柔的、痒痒的。泪水顺着她的眼角流下来，流进耳朵，滴落在贝莉的发丝上。她希望贝莉没事。

蒂比一直在那里握着贝莉的手，她不想贝莉害怕时间不够。

这晚人们一起庆祝圣母升天节[1]。这个节日是复活节之后希腊最盛大的东正教节日。莉娜和艾菲跟着爷爷奶奶一起去了村子里那所简朴雅致的小教堂做礼拜。之后，村民们举行了小型的游行仪式。仪式结束后，整个村庄里人便开始享受饕餮大餐了。

奶奶是甜点委员会成员，她和艾菲做了几十盘千层酥，在馅里放了各种各样的果仁。暑假差不多快过完了，奶奶得争分夺秒地培养艾菲。

莉娜拿着一杯烈性红酒，这杯酒让她头晕目眩，勾起了她的无限感伤。莉娜回到房间，不开灯独自一人坐在窗边，她可以看到不远处欢乐的人群。她就喜欢这样享受派对，从远处看。

人行道那边，就在那个离卡斯托斯家只有几米的小型广场上，欢乐的人群在日落后变得更疯狂了。男人们狂喝乌佐酒，音乐一响便停不下来。甚至连爷爷都咧开嘴傻笑着。

艾菲也喝了几杯酒。希腊没有饮酒年龄限制。事实上，在一些特别的场合，爷爷奶奶甚至还会劝艾菲和莉娜喝酒，很可能是因为这个原因，艾菲对喝酒反而失去了兴趣。可在

1 圣母升天节为天主教、东正教节日，又称圣母升天瞻礼、圣母安息节。

今晚，艾菲酒兴大发，喝得满脸绯红。莉娜看见妹妹和那个男招待安德里斯跳了几支舞，他俩还一起偷偷溜进了一条小巷。莉娜一点也不担心。艾菲虽然活泼开朗，但在那外表之下，她很可能是莉娜见过的最理智的人。艾菲喜欢男孩子们，可尽管艾菲只有十四岁，她也不会因为男孩子而迷失自己。

今夜的伊亚，有两轮明亮的满月，一轮在天上，一轮在海里。如果不仔细看，莉娜会误以为海里的是真正的月亮。

在月光下，她看到了卡斯托斯的脸。莉娜很确定他没注意到她走了，也根本不在乎。

莉娜在心里对他说："我真希望你在乎。"可说完后她又想把话收回。

她看到卡斯托斯走到奶奶身边。瓦莉娅奶奶踮起脚尖和他拥抱，还用力地吻他的脸。莉娜真怕她把卡斯托斯勒死了。卡斯托斯看起来很高兴，他对着瓦莉娅耳语了几句，瓦莉娅笑了。然后他们开始跳舞。

广场上绽放着一朵又一朵的小烟花，照亮了整座小村庄。莉娜的心微微地震颤了一下。这种自制的烟花不像迪士尼乐园的烟花那样千变万化，但它却另有一种粗犷之美，会让你禁不住怦然心动。你不仅可以欣赏到绚烂之美，还能看到危险，这一点是精心设计的烟花表演所不能匹敌的。

卡斯托斯搂着奶奶转圈圈。奶奶大笑，几乎站立不稳。曲终时，他搂着奶奶的腰向后夸张地一弯，几乎把奶奶折成了两半。莉娜从没见过奶奶这么开心。

莉娜看着舞场外的姑娘们。伊亚的本地姑娘很少，但莉娜可以看出卡斯托斯在她们之中很受欢迎，可他选择的舞伴却是所有的奶奶辈，所有养育了他的女人，所有子孙不在身边只能将满腔爱心倾注到他身上的女人。是啊，这个小岛上的新生代们都背井离乡，去了外地谋求发展，这也正是小岛生活悲哀的一面。

不知不觉，泪水已缓缓滑过莉娜的下巴和脖子。她不知道自己为什么哭。

夜深了，狂欢的人们都散了，莉娜还是无法入睡，她仍然坐在窗前赏月。她在等海风，海风拂过时会将海中的月影搅散。在这一刻，伊亚所有狂欢的村民应该都已经醉醺醺地酣然入睡。

但是，当她伸长脖子向窗外张望时，看到了二楼另一头的窗边露出一个人的手肘，皱巴巴的，是爷爷的。爷爷也坐在窗边赏月，和莉娜一样。

她发自内心地笑了。在圣托里尼她知道了一件事——原来她不像父母，也不像妹妹，她只像爷爷——骄傲、沉默、羞怯。爷爷是幸运的，他这辈子还是鼓起过一次勇气，抓住了爱的机会，跟奶奶这样一个懂得给予爱的人在一起。

莉娜对着两个月亮许下心愿——愿自己也能找到勇气。

周一抱怨，周二流泪，周三哀号，

周四伤害，周五惊惧，周六粉碎。

——詹姆斯·乔伊斯

22

第二天早上莉娜起得很晚。不过她并不是睡过头了。半夜醒来后她一直在床上躺着，因为她不知道该做些什么。她感到迷迷糊糊的，精力充沛，心情却很麻木。

艾菲闯进来时，莉娜宁静的清晨便已宣告结束。艾菲直奔莉娜的衣柜。“你到底怎么了？”她一边回头问莉娜，一边肆无忌惮地乱翻莉娜的衣物。

“我很累。”莉娜答道。

艾菲不相信。

“你昨晚玩得怎么样？”莉娜转移话题。

艾菲的眼睛一下子亮起来。“昨晚玩得太开心了。”她滔滔不绝地说，“安德里斯的吻功一流，比美国男孩强多了。”

“这个你早就说过了。”莉娜没好气地说，“而且，你才十四岁。”

突然，艾菲不翻衣架了，整个人一动也不动。

“怎么了？”莉娜问道。艾菲一安静下来就让她紧张。

“我的天。”艾菲倒吸了一口凉气。

“什么！”莉娜吼了起来。

莉娜听到了纸的沙沙声，再看到艾菲手中的东西时，顿时便瘫软了。这是她画的卡斯托斯的画像。

“我的天。”艾菲仍重复着这一句，只是这次说得慢多了。她转身望着莉娜，好像见到了鬼。“我真不敢相信，你居然这么深藏不露。”

“什么？”莉娜似乎词穷了，她颠来倒去只会说“什么”。

“你藏得太深了吧。”

“什么？”莉娜从床上坐起来，又吼出这个词。

“你爱上卡斯托斯了。”艾菲宣布道。

“不，我没有。”如果莉娜以前不知道她爱上了卡斯托斯，现在她该知道了，因为她知道撒谎是什么感觉。

“你就是爱上他了。可悲哀的是，你太懦弱了，什么都不敢做，只能一个人自怨自怜。”

莉娜又钻到毯子下面。艾菲一向毒舌，用一句话就能把莉娜复杂纠结的心情揭露得淋漓尽致，今天也不例外。

“你就承认了吧。”艾菲不耐烦地催她。

可莉娜不会。她倔强地交叉双臂。

“好吧，不承认拉倒。”艾菲说，“反正我知道你爱上他了。”

“不，你错了。”莉娜幼稚地争辩。

艾菲坐在床上。现在，她脸上的表情严肃多了。“莉娜，听我说好吗？我们在这里待不了几天了。你爱上了他。我还从来没见你爱上过任何人。你得勇敢点，好吗？你应该去向卡斯托斯表白。如果你不这样的话，我敢向上帝发誓，你下半辈子会一直活在懦弱中后悔不已。”

莉娜知道她说得对。艾菲的话直接切中要害，她甚至没法反驳。“可是，艾菲。”她说，连声音都掩饰不住内心的挣扎，“如果他不喜欢我怎么办呢？”

艾菲陷入了沉思。莉娜在一旁等着，她多希望艾菲能帮她鼓劲，她最好说“卡斯托斯当然也喜欢你喽。他怎么可能不喜欢你呢”，可艾菲没这样说。

艾菲只是握住了莉娜的手。“我说你必须勇敢，就是因为这个。”

贝莉在医院的病床上醒来，她盯着身边的蒂比。端着早餐盘的护士也在一旁看傻了。贝莉很得意，但护士有点不耐烦了。

“昨晚睡得很香吧。”护士说道。她看着蒂比，扬了扬眉毛，勉强露出一点微笑。

蒂比从床上滑下来。“对不起。”她睡眼惺忪地说。她的口水流到贝莉的枕头上了。

护士摇摇头，但并没什么恶意。“格拉芙曼夫人昨晚发现你在这里很惊讶。”她对蒂比说，“下次看病人应该遵守我们探视时间规定。”她的目光从蒂比脸上移到贝莉脸上，“我听说你认识这个女孩。”

贝莉点点头。她仍然躺在床上，但眼神里满是戒备。

“谢谢。”蒂比说。

护士看了看贝莉床尾的表格。“我等会儿再过来，你一会儿应该需要我帮忙收这个。”她望着早餐盘使了个眼色。

“我不需要帮助。”贝莉说。

护士离开病房前狠狠地瞪了蒂比一眼。“不许吃她的早餐。”

“我不会的。”蒂比向她保证。

“过来。”贝莉用手轻拍了一下床。

蒂比坐回到床上。“嗨。”她说。其实她还想问“你好吗”，但忍住了没问。

“你穿了那条牛仔裤。”贝莉的眼睛很尖。

“我需要帮助。”蒂比解释道。

贝莉点点头。

“咪咪死了。”蒂比真不敢相信自己居然说了这么忌讳的字眼。没有任何预兆，她的眼泪大滴大滴地流了下来。

贝莉的脸上也拖着一条泪痕。“我就知道你肯定有事。”她说。

“对不起。”蒂比说。

贝莉甩甩脑袋，她不需要道歉。“我知道你昨晚在这里，所以我睡得很香。”

“我很荣幸。”

贝莉看了看钟。“你得走了，离你上班只剩十三分钟了。”

“什么？”蒂比实在没听明白。

“你得去渥曼上班啊。”

蒂比摆了摆手。“这不要紧。”

贝莉的神色变得严肃起来。“这非常重要，这是你的工作。邓肯需要你，你知道的。快去。”

蒂比吃惊地看着她。“你真的要我走吗？”

“是的。”她的语气缓和了一点点，“但我也需要你回来。”

“我一定回来。”蒂比说道。

她走到医院大厅时，发现卡门正坐在那里。卡门看到蒂比过来便迎上去拥抱她。蒂比也紧紧地抱住卡门。

“我得上班了。”蒂比木然地说。

卡门点点头。“我陪你一起走。”

“我骑了自行车。”

“那你推车，我和你一起走。”卡门说。

“噢，等等。”卡门站在自动门里停住了，“我要穿那条裤子。”

“现在？”

“我想是的。”卡门答道。

“可我正穿着它呢。”蒂比反对。

卡门把蒂比拉进洗手间，她把身上的浅蓝色喇叭裤脱下递给蒂比。

牛仔裤又一次证明了它的魔力，卡门穿着它玲珑有致，可蒂比穿着卡门的浅蓝色裤子却傻得可笑。

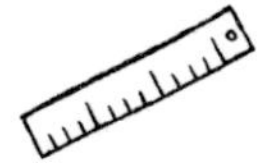

在过去的两个星期里，卡门每天睡到十点之后才起床。但在八月十九日这一天，太阳才刚刚升起，她便急不可耐地跳下床。她知道今天应该做什么。她穿上牛仔裤，裤子很服帖，和臀部线条完全吻合。她甚至感觉牛仔裤是爱她的。卡门踩上豹纹凉拖，飞快地把黑色衬衣上的珍珠扣一一扣好。她甩了甩浓密的长发，头发很干净，昨晚才刚刚洗过。最后她在耳朵上戴上银耳环。

卡门在餐桌上给妈妈留了纸条，正准备冲出大门时她听见电话铃响了。她看了看来电显示屏，知道是布拉托先生。就让它响个够吧，卡门今天懒得搭理他。

卡门搭了一辆去机场的巴士，昨晚她用爸爸留给她用于紧急情况和买书的信用卡订了一张昂贵的往返机票。她得去机场取票登机。

在飞机上，她横躺在三张座椅上安然入睡，中间只醒来吃零食。今天，她把飞机上发的苹果吃掉了。睡两个小时就到查尔斯顿了。

卡门在查尔斯顿国际机场看了一会儿杂志，然后拦下一辆的士去了密汀大街上的圣公会教堂。这次重游旧地，看到街边的槲树和拖着长须的山核桃树，卡门倍感亲切。

她在婚礼仪式开始前的五分钟进了场。引座员刚刚完成工作，宾客已到齐，会场里点缀着一大把一大把的紫色和白色花束。卡门没向任何人表明身份，只是躲在不起眼的后排。她的两位姑姑坐在第二排，她一眼就认出来了。两位姑姑旁边坐的是卡门家谁都不喜欢的继祖母。除了她们之外，父亲那边的亲友就没有一个她认识的了。男人和女人结为夫妇时，他们会有共同的亲友，不过，一旦他们离婚，这些亲友也会随之成为陌路了。真是人情凉薄啊。

此时，爸爸从侧门走出来了，他穿着燕尾服显得越发英俊高大、仪表不凡。站在他身边的是保罗，和他穿一模一样的燕尾服。卡门这才意识到原来保罗是爸爸的伴郎。卡门以为自己的满腔怒火不一会儿就会爆发，不过她没有。保罗似乎对伴郎的工作颇为重视。爸爸和保罗站在一起很配，他们都是金发，一样高大。爸爸很幸运，卡门知道。

新娘出场的音乐缓缓响起。先出场的是克里丝塔，她穿着礼服活像一枚糖果。她还是很漂亮的，卡门这样想。克里丝塔的皮肤太白了，连蓝色的静脉都清晰可见。音乐声似乎调大了，然后突然之间停了下来——莉迪娅闪亮登场了。

这就是婚礼的意义了。尽管莉迪娅都四十好几了，还穿着傻乎乎的婚纱，但这些都不重要。当她向走道款款走来时，居然散发出一种优雅的美，卡门甚至都打心底里觉得有些感动。莉迪娅的微笑是完美的新娘式微笑——羞怯而自信。爸爸盯着新娘，惊艳得不能自已。新娘走到爸爸身边后，他们四个家庭成员在圣坛下站成了一个半圆。

看到他们一家人这样，卡门感到片刻的心痛。“他们本来想要你也站在那里的，你本应该在那里的。”她对自己说。

大提琴手拉琴的姿势、蜡烛的味道、牧师“嗡嗡嗡”的布道声，这些犹如催眠术，卡门开始恍恍惚惚。她忘了自己是新郎的女儿，也忘了自己没穿礼服。她灵魂出窍，仿佛飘到了教堂高高的天花板上。这里的视野很开阔，卡门可以看见一切。

他们一起沿着走道往回走的时候，爸爸与卡门对视，卡门的灵魂才刹那间从天花板回到身体。爸爸的眼神让她舍不得离开。

戴安娜想方设法在营地的厨房给布丽吉特做了布朗尼，奥莉也在尽力安慰她，艾米丽还主动把自己的 CD 借给布丽吉特。

她们都很担心她。等晚上她们都以为布丽吉特睡着的时候，布丽吉特听见了她们的低语。

第二天晚上，布丽吉特终于和她们一起吃晚饭了，这只是因为她不想她们总围着她好言相劝，老给她带好吃的东西，她受够了。其实她的床底下有一堆快要腐烂的食物。

晚饭后，埃里克过来邀她散步。布丽吉特受宠若惊，这个总躲着她的男人居然会邀她散步。她欣然接受。

他们一起穿过海岬，来到郊狼湾的中心地带。他们默默地走过几辆休闲房车，最后在海湾尽头找了一处僻静的角落。这里的沙滩全被棕榈树和仙人掌占领了，他们的身后是如血的落日。

“我很担心你。昨天的比赛之后，还有之前发生的一切……”从埃里克的眼神可以看得出来，他是认真的。

布丽吉特点点头。“我并不是每场球都能超常发挥。”

“可你有非凡的天赋，布丽吉特，你必须知道这一点。你知道，每个人都认为你是明星。”

布丽吉特和所有人一样都喜欢听溢美之辞，但她不需要这种赞美。她知道自己是什么人。

埃里克开始挖沙。他把沙洞四周抹平。“我有些担心我们之间发生的事……我伤害了你，也许你受到的伤害比我当时想象的还要深。”

她又点点头。

“你对男人没多少经验，是吗？”埃里克问道。他的声音很温柔，没有任何强迫的意味。他是真心想帮她。

布丽吉特再次点头。

“噢，我要是早知道就好了。”

“我没告诉你，你怎么会知道？”

埃里克把沙洞挖宽了，然后又填了。“你知道的，布丽吉特，我最开始遇见你时，你是那么自信，那么……性感。我估摸错了你的年纪，把你想大了。现在我知道了，你根本没什么经验。你不过是个十六岁的小女孩。”

“我十五岁。”

埃里克哼了一声。“别告诉我这个。”

“对不起，我只是实话实说。”她说。

“你以前为什么不说？”

布丽吉特的嘴唇开始抖了起来。埃里克似乎很后悔。他走到她身边，伸出一只手搂着她的肩。

他斟词酌句。“我想告诉你，我们以后也许不会再有机会聊天，但我要你记得我的话，好吗？”

“好。”她咕哝了一声。

埃里克长叹一声。“作为一个在这里工作的教练，要说出这番话实在太难了，所以你得仔细听。”他无助地望着天空，“这个夏天，你如狂风暴雨一般席卷了我的心。自第一次见到你之后，每晚我都会梦见你。”他抚摸着她的秀发，“我们一起游泳，一起跑步，一起跳舞。我看你踢球……我是靠足球吃饭的，布布，但看你踢球我几乎快被你迷晕了。”

布丽吉特微微一笑。

“所以你让我害怕得要命。你太漂亮、太性感了，可你对我来说，又实在是太小了。你也明白的，不是吗？”

“对于他来说，我真的太小了吗？”布丽吉特不确定，但她知道她不该诱惑他，这和她的年龄实在不相称。于是她点点头。

“现在，我们已经走得太近，所以我得疏远你，我不能不考虑后果。”

她不觉心中一酸，大颗大颗的泪水在眼眶中打转。

埃里克用手捧着她的脸。“布布，听着。也许有一天你到了二十岁，我会再见到你的。那时你会是某个名校最炙手可热的足球明星，那时会有无数个男孩为你神魂颠倒，他们都比我有趣多了。你知道会怎么样吗？那时我会来找你，我真心希望你还会喜欢我。”他怜惜地抚着她的两缕长发，“如果换个时间、换个场合我们再相遇，我不会再控制自己，我会给你应得的爱。但现在我不能。”

布丽吉特再次点点头，眼泪终于汹涌而下。

她希望他的这番告白能让她醒悟过来，她真的这样希望。她知道埃里克也希望她这样。不管他的话是否出于真心，他只不过是想让她好过点罢了，他非常希望布丽吉特能好起来。

但这不是她要的。她要的东西高不可及，像天上的星星，而他能给的却是那么渺小。他在海滩上，周围太过安静，布丽吉特几乎听不见他的话。

这世界有我的容身之地吗？

——简·弗朗西斯

23

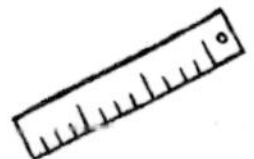

在后院的帐篷之下，爸爸紧紧地拥抱着卡门，久久舍不得松手。他松开手后，卡门看到他的眼中有泪光闪烁。她很高兴爸爸什么也没说，但她知道他心里在想什么。

莉迪娅也拥抱了卡门。她这样完全是出于礼节，但卡门并不在乎。这只能说明莉迪娅深爱她的爸爸，那岂不是更好？克里丝塔在她的脸上啄了一下，保罗和她握了一下手。“欢迎回来。”他说。

没有人评论她穿着牛仔裤来参加婚礼这件事，就算有人注意到了也没说什么。

“亲友团！过来合影了！”摄影师的老助理喊道，她没有意识到空气中的微妙气息。“亲友团！请在木兰花下集合！”她对着克里丝塔的耳朵大喊。那架势好像亲友团有一大群人似的，其实才不过是四个人。

卡门朝饮料桌走去，但爸爸抓住了她的手。“过来！”他说，“我们是一家人。”

“但是我……”她指了指身上的牛仔裤。

爸爸挥了挥手，表示他不在乎。“你穿这条裤子很好看。”他说。卡门相信了。

卡门和他们四个人一起合影，和克里丝塔、保罗合影，和莉迪娅、爸爸合影，还和爸爸合影。老助理望着卡门的牛仔裤皱了皱眉头，但除此之外，没有人说一个字。看到莉迪娅居然让一个深棕色皮肤、穿着蓝色牛仔裤的女孩毁了她的童话婚礼照片，老助理怎么也想不通。

婚礼中吃吃喝喝的那一段似乎过得飞快。卡门和她那两位神经质的姑姑寒暄了几句，就看到新郎新娘开始跳舞了，一时间掌声雷动。不久之后，保罗来到她的身边。“我可以请你跳舞吗？”他微微鞠身，正儿八经地问。

卡门站起身来，其实她不会跳华尔兹，但这没什么好担心的。她挽着保罗的手臂，保罗带着卡门在镶木地板上随着音乐的节拍起舞。

突然，卡门记起了保罗的女朋友。她环视四周的桌子，搜寻凯莉的那张臭脸。保罗似乎看透了她的心。

“那个谁……呃……在哪里？”卡门一下子忘了她的名字。

“骷髅精？”保罗提示了她。

卡门的脸开始发烫。保罗大笑起来。他的笑声十分爽朗，卡门想不到他居然会这么可爱。她以前真的从没听过这种笑声吗？

卡门惭愧地咬着嘴唇。“对不起。”她小声道歉。

“我们分手了。”保罗说道。他没有一点伤心的样子。

音乐终了时，保罗转身离开。卡门看到爸爸走了过来。还没等保罗离开舞池，爸爸便低下头对她耳语：“你今天能来，爸爸很开心。”爸爸经常一开口就让卡门惊喜不已，这一次也不例外。

爸爸搂着卡门跳华尔兹，他们沿着舞池边缘共舞。

“你猜我有什么打算？”他说。

“什么？”卡门问道。

“从今往后，我会对你坦诚，就像你对我一样。”他说。

“太好了。”她表示赞同。眼前闪烁的白色灯光渐渐模糊，卡门不知不觉间已泪眼蒙眬。

夜深了，卡门准备上楼睡觉。她看到了餐厅的窗户，洞口仍在那里，四周的裂纹呈网状辐射开来。他们没有换玻璃，只是用透明塑料袋把洞口盖住，旁边再用银色宽胶布胡乱粘了一下。卡门羞愧万分，但与此同时，心中却另有一种莫名其妙的喜悦。

莉娜：

我终于发现了这条裤子的魔力。我想蒂比也发现了。所以我们把它和一点点好运一同寄给你。好想把一切都告诉你，我快等不及了，不过还是等我们重聚后再说吧。这条裤子今天带给了我好运，希望你也一样幸运。

爱你的卡门

蒂比穿着睡衣去上班了，她得借一件工作服。邓肯故意板着脸，但蒂比可以看出他还是挺高兴的，毕竟她请了病假这么多天后终于还是去上班了。邓肯说她的裤子很漂亮——其实是卡门的裤子。

下午四点，蒂比的思绪又背叛了她，她不自觉地以为贝莉会来等她。然后，蒂比就不得不再次想起，贝莉今天不会来了。

“你的朋友呢？”邓肯问道。现在渥曼的每个人都知道贝莉了。

蒂比走到后门，一个人哭了起来。她坐在高高的水泥台阶上掩面痛哭，把眼泪鼻涕都揩到借来的工作服上了。她的工作服里面还穿着法兰绒睡衣，身上黏黏的。

有人来了。她抬起头，好半天才看清是塔克。

“你没事吧？”塔克问她。蒂比心不在焉，只是想知道他穿一身黑衣会不会热得慌。

“没事。”她一边说一边用工作服擦鼻涕。

塔克在她身边坐下。蒂比刚才哭得太厉害，一时停不下来，所以她又继续啜泣了一会儿。塔克笨拙地拍了一下她的脑袋。要不是因为伤心，蒂比现在很可能会欣喜若狂——他碰她了，不过碰的是脏兮兮的头发，这又让她有点难堪。所以在这一刻，蒂比的兴奋转瞬即逝。

等到泪水终于平息时，蒂比抬起头。

“我们去喝杯咖啡吧，边喝边聊。”塔克建议道。

蒂比仔细地打量他，不是用自己的眼睛，而是用贝莉的眼睛。他的头上抹了太多发胶，双眉之间多余的眉毛都被修掉了，身上穿的衣服似乎是冒牌货，这样的一个人真是枉担了帅哥的虚名。蒂比怎么也想不通自己为什么会喜欢上他。

“不了，谢谢。”蒂比答道。

“别这样，蒂比，我是认真的。”塔克以为蒂比拒绝他只是因为没有安全感，他以为蒂比肯定是觉得他这么酷的人不可能真的约她。

“我就是不想去。”她把话挑明了。

塔克脸色突变，仿佛受到了天大的侮辱。

“我曾经那么喜欢你。”她望着他的背影，心里默念道，“但现在我都记不清为什么喜欢你了。”

塔克走后不久，那个长指甲的女人安吉拉拖着两个透明的垃圾袋出来倒垃圾。看见蒂比她便停下了。

“你的小朋友病得很重，是吗？”安吉拉问她。

蒂比讶异地抬起头。“你怎么知道的？”

“我有个小侄女得癌症死了。”安吉拉解释道，“我知道得了癌症是什么样的。”

安吉拉的眼睛也一下子湿润了。她在蒂比身边坐下。“可怜的孩子。”她拍着蒂比的背说道。安吉拉的指甲太长了，隔着工作服蒂比还是能感觉到她锋利的指尖。

“你的朋友真是个非常可爱的孩子。”安吉拉继续说，“有一天下午她等你下班。我当时比你先下班，她看见我心情不好，便请我去喝冰茶。我当时一边哭，一边埋怨我的垃圾前夫，她耐心地听了半个小时。我们后来每个星期三下午都会这样见面，这是贝莉和我的约定。”

蒂比点点头，她既对贝莉感到敬佩，也对自己感到失望——她只会盯着安吉拉的长指甲。

云游四海的牛仔裤兜兜转转了一圈，仿佛冥冥中有神助，莉娜在希腊的最后一天它又杀回来了。包裹皱巴巴的，好像它满世界转了一圈刚回来，但牛仔裤保存完好，只是有一点皱。莉娜觉得它变软了，上次见到它时它还没有这么旧。牛仔裤似乎和莉娜一样疲倦，不过它仍然气场强大，似乎还能支撑几百万年。这条裤子给莉娜下了最后通牒：快去向卡斯托斯表白，你这个没用的东西。

她穿上牛仔裤，这条裤子带给她的远不止是内疚，还有勇气。它神秘地汇聚了三位闺蜜的性格，幸运的是，其中的一项就是勇敢。莉娜几乎没有为这条裤子奉献什么好的性格，但至少她可以接受裤子带给她的勇气。

穿上这条裤子，莉娜甚至觉得自己很性感。这倒没什么坏处。

莉娜以前参加过慈善机构举办的步行马拉松活动。那次，她穿越华盛顿市区和郊区走了近三十公里。但不可思议的是，到铁匠铺的路似乎比三十公里还要长。

她准备吃完午饭再去，但过了一会儿又突然意识到自己根本没任何胃口。所以为什么要等呢？

不吃饭就去是很明智的。后来莉娜看到弯道上的矮房子，头晕得想吐。幸好胃里没任何食物，所以没法吐。

莉娜的手心里全是汗，她真怕手上的画会被弄花了。她把手上的汗擦在牛仔裤上，然后用干手拿画，可牛仔裤上的湿手印还是出卖了她的心虚和胆怯。

走到院子门口莉娜停住了。“快走啊。”她无声地命令牛仔裤。她情愿信任牛仔裤，也不愿意相信自己的双腿。

如果卡斯托斯在忙怎么办？她并不想打扰他，不是吗？怎么能在他忙的时候冒冒失失闯进去呢？这是谁的馊主意？另一个懦弱的莉娜责问自己（莉娜大半时候都是懦弱的）。

她继续往前走。勇敢的莉娜知道这是她唯一的机会（莉娜很少会勇敢）。如果此时转身，她就会失去勇气了。

后院里砖砌的大火炉里火光冲天，衬得铁匠铺里黑黝黝的。火光中有一个人影正在打铁，他的个子很高，不可能是杜纳斯爷爷。

卡斯托斯不知道是听见了脚步声，还是感觉到有人进来，他一回头便看见了莉娜。然后他小心翼翼地放下手中的活，将硕大的手套和面罩一一摘下。他走到莉娜身旁，眼里似乎还带着一点点炉火。卡斯托斯的表情落落大方，没有一丝不自在或难为情。而莉娜最擅长的就是面对不自在的人。

莉娜总会使身边的男孩子们紧张不安，这样她就能占上风，可卡斯托斯没能让她如愿。

“嗨。”她局促不安地打招呼。

“嗨。”他从容不迫。

莉娜反倒紧张起来，一时想不起该说什么作为开场白。

“你要不要坐一下？”卡斯托斯问。这里只有一道分隔房间的矮砖墙，“坐”意味着坐在这道墙上。莉娜坐下了，可她还是不知道该怎么开口。她想起了自己的手还有手中的画。莉娜把画塞到卡斯托斯手中。她本来还想淡定地向卡斯托斯展示这幅画，但现在这些都不重要了。

卡斯托斯展开画，仔细地看着。他没有像大多数人那样急于发表评论——他只是看。过了一会儿，莉娜紧张起来。不过她已经够紧张了，所以也不能说是卡斯托斯的沉默使她更紧张。

“橄榄林是你的地盘。”莉娜没头没脑地来了这么一句。

他的眼睛仍然停留在画上。“我去那里游泳已有很多年了。”卡斯托斯慢条斯理地说，“不过我愿意与人分享。”

莉娜可以听出他话中有话——她既希望卡斯托斯有特殊的含义，又希望没有。“算了，没有什么特殊的含义。”她对自己这样说。

卡斯托斯把画还给她。

“不，这是送给你的。”她说。突然之间，她觉得这是一种羞辱。“我的意思是，如果你喜欢，你可以拿着。不过我也不是非要你拿着不可，我可以……”

卡斯托斯把画拿回。“我喜欢它。”他说，“谢谢。”

莉娜轻拂了一下脖子后面的长发。天，这地方太热了。“好吧。”她暗暗强迫自己，“现在该说话了。”

“卡斯托斯，我来这里是有话要告诉你。”她说。莉娜一开口便站了起来，在地上拖着步子踱来踱去。

他“嗯”了一声，仍然坐着不动。

“我一直想和你讲……自从那天之后……”该怎么说呢，她搜肠刮肚，真要命，“我们……呃……就是我们在泉池不小心偶遇的那天。”

他点点头。他的嘴角有一丝浅笑吗？

“呃……就是那天……嗯……”莉娜又开始踱来踱去。爸爸身为律师，走路一向很快，这个优点她又没有继承到。“我们之间产生了一些冲突，也许还有误会，你知道的，就是对这整件事的误会。这很可能是我的错，但一开始我没意识到，直到错误已经酿成，而且……”莉娜说不下去了，只好盯着火焰。那该死的火焰让她浑身不自在。

卡斯托斯坐着一言不发。

莉娜前言不搭后语时，总希望有人能打断她，把她从难堪中解救出来，可卡斯托斯并没有这么做。他只是等她继续说下去。

她想继续说，可又忘了说到哪儿了。“等事情发生后，一切都太晚了。整件事变得太乱了，我一直都很想解释，可真的是找不到机会。因为我太懦弱，不敢向爷爷奶奶澄清误会，也不敢对他们说他们以为的事情其实并没发生。所以我什么都没说，虽然我一直都很想说，也知道我应该说。”突然之间，莉娜真希望自己是在演肥皂剧，这时能有人打她一耳光就好了。在日间肥皂剧里，喋喋不休、说话颠三倒四的人总是挨耳光。

现在她清清楚楚地看到了卡斯托斯在偷笑。这不是个好兆头，不是吗？

莉娜用手背擦了擦嘴唇上方的汗。她低头看见了牛仔裤，这才想起自己穿了魔法牛仔裤，她想象自己是布丽吉特。

“我想说的是……我犯了一个大错。你爷爷和我爷爷莫名其妙地打架全是因我而起，我不该以为你偷窥我，现在我知道了那是你的地盘。”好了，这样说好多了。哦，不过她还忘了一句话。“对不起。”她大声道歉，“我非常非常抱歉。”

卡斯托斯又沉默了一会儿，最后终于确定她说完了。“我接受你的道歉。”他略微低头，诚恳地说道。卡斯托斯很有风度，难怪他是伊亚所有奶奶的骄傲。

莉娜长舒了一口气。谢天谢地，道歉终于结束了。她可以带着一小块完好无损的自尊收拾行装回家了。可是，还有一件事。老天，她忍不住要说出来。

“我还有话要说。”莉娜告诉卡斯托斯。她真不敢相信自己居然能亲口说出这话，她甚至都有几分佩服自己了。

“什么话？”卡斯托斯问。他的声音现在变得更温柔了吗？还是说这只是她的幻觉？

莉娜绞尽脑汁想说得好听一点。她望着天花板构思措辞。

“你要不要坐下？”卡斯托斯再次请她坐下。

“我觉得我是坐不住的。”她双手扭在一起，老实地回答。

卡斯托斯眨眨眼，表示理解。

“呃，我知道我刚开始来这里时不够友好。”莉娜开始了第二轮的谈话，“你对我很好，但我并没有投桃报李。你很可能会以为我不……我不……”莉娜踱来踱去，脚步形成了一个密不透风的圆圈，然后她又踱回来望着卡斯托斯。

她腋下的衣服湿了一大块，汗水几乎流到腰上，她的嘴唇上也全是汗珠，汗水从发际线不断地滴下来。在炎热与极度紧张的双重夹击下，她全身的皮肤都变得通红。

莉娜从来都不相信男孩会因为除了美貌之外的原因而喜欢她，但今天万一能有幸得到卡斯托斯的垂青，莉娜可以肯定那不是因为她漂亮。

“你可能以为我不喜欢你，不过，事实上……”

哦，我的天。她快溺毙在自己的汗水中了。这种事可能发生吗？

“不过，事实上，也许这真的不是我的本意。也许事实……正好相反。”她说的是英语吗？她说的句子是完整的吗？

“呃，我的意思是，我很后悔以前那样对你，我真希望我以前没有摆出一副不喜欢你或不在乎你的模样，因为我真的……我真的……不会表达自己的感情，我总是言不由衷。”

莉娜眼巴巴地看着卡斯托斯。她已经努力了，真的很努力了。恐怕她能做的只有这么多。

卡斯托斯的双眼充满深情，莉娜的也是一样。“哦，莉娜。”他说道。他拉着莉娜汗津津的双手，似乎明白莉娜已经尽力了。

卡斯托斯把她拉到身边。他坐在矮墙上，她站着，两人的高度却相差无几。莉娜的腿碰到了卡斯托斯的腿，她可以闻到他身上淡淡的男子气息，幸福得几乎眩晕。

卡斯托斯的脸就在眼前，闪烁的火光衬得他的脸越发英俊，有一种朦胧的美。他的唇就在那里。莉娜不知道从哪里来的勇气，她居然鬼使神差地微微前倾吻了他的唇。这是一个吻，也是她提出的一个问题。

卡斯托斯回答了她的问题——他拥她入怀，紧紧地搂住她。他们深情拥吻了很久很久。

在失去思想、忘我地拥吻之前，莉娜的脑子里冒出了最后一个想法。“我从没想到天堂居然这么热。”

你的眼神令我完整。

——彼得·盖布瑞尔

24

护士像过去两晚一样，在晚上八点探视时间结束时将蒂比赶出了贝莉的病房。蒂比不想回家，她打电话给妈妈说她要去看电影。妈妈好像如释重负，虽然她知道蒂比并不开心。

蒂比看到了远处 7-11 便利店的灯光，那是召唤她的灯光。她看到布莱恩还在店内苦战《龙圣》，心情便一下子好了起来。

布莱恩回头，发现蒂比正在看他。他咧开嘴憨笑："嗨，蒂比。"他有点害羞，压根没觉察到她的睡衣和面如死灰的脸。

"打到哪一关了？"蒂比问。

布莱恩无比自豪地说："二十五。"

"我的天！"蒂比由衷赞叹。

她死死地盯着屏幕上的殊死鏖战，紧张得喘不过气来，布莱恩一路打到了第二十六关的火山，最后葬身于岩浆。

"噢。"她很惋惜。

布莱恩愉快地耸耸肩。"已经很不错了，你不可能总赢。"

蒂比点点头。她想了一会儿。“嘿，布莱恩？”

“什么？”

“你可以教我玩《龙圣》吗？”

“当然。”他说。

布莱恩不愧为名师，在他的悉心指导和热情感召下，蒂比一路杀到了第七关，碰到了第一条龙。甚至当她扮演的性感女主角小腹上中剑倒地身亡时，布莱恩的脸上仍然挂着得意的笑容。“你真是个天生的屠龙高手。”布莱恩称赞她。

“谢谢。”蒂比真心感谢他的称赞。

“贝莉还好吗？”他问道，脸色一下子沉重起来。

“她在医院。”蒂比实言以告。

布莱恩点点头。“我知道，我中午吃饭的时候去看她了。”他突然想起了什么，“等等，我要给你看件东西。”然后他拿过来一个破破烂烂的背包。“我要把这个给她。”

蒂比看到了。这是一个世嘉 DC 游戏机[1]和《龙圣》的家庭版游戏卡《屠龙大师》。“这个没有真正的游戏好玩。”他说，“但贝莉可以练习。”

蒂比不觉泪流满面。“她会很喜欢的。”

之后，蒂比一个人走在老乔治敦路上，脑子里仍在想着《龙圣》。她想打到第八关，这是她这几天来第一次对一件事满怀期待。

---

1 日本世嘉公司于 1998 年推出的游戏主机。

她一边走一边想，也许布莱恩是在做一件很重要的事。也许快乐并不一定要来源于伟大辉煌的成就，心想事成也不一定会快乐，快乐实际上只是意味着将生活中点点滴滴的小乐趣串在一起。比如穿着拖鞋看环球小姐选美比赛；品尝香草冰淇淋布朗尼；玩《龙圣》打到第七关，然后期待通过后面的二十一关。

也许快乐只关乎小喜小悲，比如说你一到十字路口绿灯就亮了，或衣领上的标签让你脖子发痒，每个人每天的心情都会这样起起落落，都会收获同等数量的快乐。

也许，无论你是大众情人还是邋遢的游戏宅男，你都可以拥有同等数量的快乐。即使你的朋友生命垂危，也不会妨碍你的快乐。

也许，你可以安然渡过这一关。也许，你能要求的就只有这么多。

这是莉娜最后一次和爷爷吃早餐，今天也是她在希腊的最后一天。她昨晚快乐得发疯，差不多一晚都没睡着。在辗转难眠的时候，她一直想着该如何和爷爷话别，为这个暑假画上一个圆满的句号，她甚至还在心里用希腊语打了腹稿。现在，爷爷正在心满意足地大嚼脆米花，莉娜看着爷爷，想找个机会开口。

爷爷抬头看着她微微一笑，莉娜突然心里一震。就是这样，这就是他们的方式。大多数人都靠交流来维系感情/相互慰藉，但莉娜和爷爷却是例外。他们维系感情的方式是每天一起吃早餐。

她一下子就把腹稿忘得一干二净，只是继续低头吃麦片。

正在莉娜埋头喝牛奶时，爷爷把手盖在她的手上，说："你很像我。"

莉娜知道她像爷爷。

两天之后，蒂比坐在贝莉的床上，还是坐的老地方。她知道贝莉的病情正在恶化。贝莉看起来并不害怕，也不紧张，不过护士和护工们却紧张得要命。每次蒂比直视她们的眼睛，她们便心虚地低下头。

贝莉正在玩《屠龙大师》，她爸爸坐在窗边的椅子上打瞌睡。贝莉倒在枕头上，看来她累了。“你可以帮我打游戏吗？”她问蒂比。

蒂比点点头，接过游戏机。

“你的朋友们什么时候回来？”贝莉昏昏沉沉地问她。

“卡门又回来了。莉娜和布丽吉特下星期才回来。”

“真好啊。”贝莉说，她困得眼皮直打架。

蒂比注意到今天病房里多了两台报警器。

“布莱恩好吗？”贝莉仍在问。

“他很好，他教我打到了第十关。”蒂比说。

贝莉微笑着闭上眼睛。“他是个好男孩。”她喃喃自语。

蒂比笑了，她想起了她和贝莉之间的约定。“是啊，你是对的，我是错的。一直都是这样。”

“也不尽然。”贝莉说，她的脸白得像天使。

“你真的总是对的，我看人太武断了。”蒂比说。

“但你现在不武断了。”贝莉说，她气若游丝。

蒂比按下《屠龙大师》的暂停键，她觉得贝莉已经睡着了。

“继续打吧。”贝莉轻声命令道。

蒂比继续一直玩，直到八点钟被护士赶了出去。

莉娜：

我遇到了一些事，心情很糟。我想和你聊聊，但不想写在信里。我只是……觉得奇怪。我突然不认识我自己了。

布布

莉娜：

我睡不着。我很害怕，我真想和你聊天。

莉娜在离开雅典的航班上看布丽吉特的信，包括她暑假里收到的那些，还有她去机场的路上刚取的那些。飞机正在穿越不同的时区，莉娜的心也从铁匠铺穿越到了下加州，这非常痛苦，她想留在伊亚的铁匠铺，但她要去下加州的足球训练营。

莉娜太了解布丽吉特了，她们有这么多年的感情，莉娜知道她的担心没有错，布布一定是出了什么事。她知道布丽吉特的生活一度发生过翻天覆地的变化，自那之后她的心中有了伤痕。布丽吉特活得风风火火，可她偶尔也会突然感受到那份伤痛，会开始焦虑。布丽吉特不是善于重新振作的人，有时她简直就像个蹒跚学步的孩子。她追求主导权，渴求权力。可当她得到自己想要的东西，又发现自己成了独自一人，这时她会由衷地害怕。她的母亲已经去世了，父亲性格羞怯，和她并不亲密。布丽吉特需要有人关心她，需要有人告诉她这世间的一切并非虚空。

艾菲在她身边打起鼾来。莉娜凑过去推了推妹妹的肩膀。“嘿，艾菲！艾菲！”

艾菲在睡梦中甜笑。莉娜估计她可能梦见那个男招待了。她加大力道推妹妹。“艾菲，醒醒！”

艾菲不耐烦地睁开眼睛。“我在睡觉呢。”她抱怨道，好像睡觉是天大的事。

“你很能睡，艾菲。我肯定你还能睡着的。”

“哈——哈。”

“听着，我想我得改变我的行程了，听明白了吗？我得和你在纽约分开，然后搭飞机去洛杉矶。”

艾菲不喜欢坐飞机，莉娜知道她非得和妹妹提前商量不可。“纽约离华盛顿很近，艾菲。你很快就会到家。”

艾菲似乎听傻了。“为什么呀？”

“因为我担心布丽吉特。”艾菲很了解布丽吉特，她知道布丽吉特情绪低落的时候就需要有人去关心她。

“她怎么了？”艾菲问道，她也担心起来。

“我还不知道。”

“你有钱吗？”艾菲问姐姐。

“我还有爸爸妈妈给我的钱。”莉娜说道。爸爸妈妈给了她们每个人五百美元零花钱，莉娜暑假里没怎么花。

“我还剩两百美元，你拿着用吧。”艾菲说道。

莉娜拥抱妹妹。“我明天会把布丽吉特带回家。我会在机场给爸爸妈妈打电话，但你得帮我向他们解释一下，好吗？”

艾菲点点头。“你快变成她妈了。”

“她需要妈妈的时候，确实是这样。”莉娜说。

莉娜在随身的背包里带上了魔法牛仔裤，她很高兴自己想得这么周到。

第二天早上十点电话铃响了，蒂比有种不祥的预感。她接起电话，听到了那头的啜泣声。

“格拉芙曼夫人，我知道发生什么事了，你不必告诉我。”蒂比用手蒙住眼睛。

葬礼在两天后举行，那是一个星期一。仪式的内容包括坟墓旁的演讲和安葬。蒂比和安吉拉、布莱恩、邓肯、玛格丽特站在一起。卡门也从卡罗来纳州回来了，她站在后排。所有人都在无声哭泣。

这天晚上，蒂比怎么也睡不着。她只好看电影频道的《钢木兰》，从凌晨一点看到了三点。

三点十五分，她听到了凯瑟琳的哭叫声，其实她倒挺高兴的。她不想惊醒筋疲力尽的父母，所以悄悄地走到婴儿室，把凯瑟琳从婴儿床上抱起来走进厨房。她用一只手抱住妹妹，让妹妹依着她的肩膀，然后腾出另一只手热奶瓶。凯瑟琳在她耳边咿咿呀呀，她觉得耳朵麻酥酥的。

蒂比把凯瑟琳放在自己床上，给她盖上被子，跟她一起躺下，看着她一边喝奶一边慢慢睡去。她依偎在妹妹身边，泪水默默地淌了下来，浸湿了凯瑟琳细软的头发。

慢慢地，凯瑟琳进入了深沉的婴儿睡眠，即使发生大爆炸她也听不见。这时，蒂比才把妹妹放回婴儿床。

现在已经四点了。蒂比下楼去厨房。她打开冰箱的门，找到了装咪咪的棕色纸袋，她感到自己好像走进了另外一个世界。蒂比穿着睡衣和拖鞋走到屋外的车库，把纸袋口搭在自行车车把上，用手紧紧地抓住，然后上车向墓地骑去。这一路有几公里，冰封的咪咪在她的手腕下晃来晃去。

贝莉坟墓上的土仍然比较松软。蒂比把草皮扒开，用手在地上挖了一个洞。她吻了吻纸袋，把咪咪放入洞中，然后用土把洞封住，再盖上草皮。她一屁股坐在草皮上，守着贝莉和咪咪。今晚的月亮很美，它挂在地平线上，似乎伸手可及。蒂比很想留在这里陪着她们，她想蜷缩起来，蜷到小得不能再小，任没有她的世界继续转动。

她躺下来，蜷缩成一团。可过了一会儿，她改变心意了。

她活着，她们已经死了。她得好好活下去，尽最大所能好好生活。她答应过贝莉她会继续打游戏。

莉娜到达穆莱赫时一片茫然，她完全晕头转向，只得叫了一辆出租车送她去训练营。太阳已经落山了，但她仍然感觉闷热不堪。伊亚现在已在千里之外，但她在这里依然呼吸着同样的空气。

莉娜知道布丽吉特准备明天离开，所以她得提前赶过去带布丽吉特回家——也可以帮她做任何杂事。莉娜先去了行政办公室，然后在他们的指点下，她找到了布丽吉特的宿舍。

宿舍虽然灯光昏暗，但莉娜一进去就发现了布丽吉特。其实她看到的只是一个金发的脑袋和一个深色睡袋。

布丽吉特坐起来。莉娜看到了她惨兮兮的脸，还有她的那头秀发。“嘿，布布。”她冲过去拥抱她。

布丽吉特似乎很难理解眼前的这一切。她望着莉娜眨了眨眼睛，又眯眯眼。她也拥抱了莉娜，不过看她那样子，好像并不知道自己抱的是谁。

“你怎么来的？”布丽吉特惊讶地问道。

“坐飞机来的。”

“我以为你还在希腊。”

“昨天还在的，我收到了你的信。”她解释道。

布丽吉特点点头。“看来你是收到了。”

突然之间，莉娜发现有十多双眼睛都在好奇地盯着她们。

“你想出去走走吗？”

布丽吉特钻出睡袋。她穿着肥大的 T 恤，光着脚，她向来不太在乎自己的形象。莉娜跟着她走出了宿舍。

“这里真美。”莉娜说，“我整个夏天也都在看这轮月亮。”

“我真不敢相信，你居然从希腊跑到这里来了。”布丽吉特说，“你为什么来？”

莉娜把脚趾头埋在沙子里。“我只是想要你知道，你并不孤单。”

布丽吉特睁大了眼睛，双眼亮晶晶的，满是泪水。

“嘿，看看我给你带什么了？”莉娜一边说一边从背包里抽出了牛仔裤。

布丽吉特用两只手紧紧地搂着它，良久之后才穿上。

“告诉我发生什么事了，好吗？”莉娜坐在沙滩上，她把布丽吉特拉到她身边坐下，“告诉我发生的一切事情，我们可以想办法解决。”

布丽吉特低头看着身上的牛仔裤，能再次穿上它，她深感欣慰。这条裤子代表支持和爱，她们在夏初就立下过誓约。不过现在莉娜就在这里，就在她身边，她差不多不需要这条牛仔裤了。

布丽吉特抬头看了一会儿天空，又看了看莉娜。“我想，也许你已经帮我解决了。”

我们将远行，虽不知去往何方，但无需多言。

——贝克

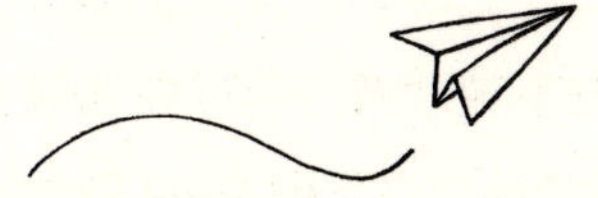

后记

又到了我们一年一度的吉尔达俱乐部夜半聚会。按照惯例，这一天在我们四个人的生日中间。这一天在莉娜的生日九天之后，但离我的生日还差九天；在布丽吉特的生日两天之后，离蒂比的生日还差两天。我一直都很喜欢数字，我总是认为数字和命运有某种联系。所以在我看来，今天这个日子肯定是上帝刻意安排的。今年的庆祝日正好在开学的前一天，这一点也很重要，虽然有点扫兴。

鲑鱼产卵前要游回小小的溪流，我们在开学前也要回到吉尔达俱乐部，这里不仅是我们九月姐妹们名义上的出生地，也是我们姐妹情谊的见证地。

和往常一样，蒂比和布布一起做生日蛋糕，莉娜和我负责营造气氛——我们带装饰物和 CD，而撬锁的活则自然而然地落到布布头上了。

往年到了夏末的这个时候，我们都习惯了彼此的陪伴，就像河床里摞在一起的鹅卵石一样，毫无棱角。因为暑假三个月我们都一直在一起，没有去外地，没发生过什么刺激的事。我们只能把发生过的一点芝麻绿豆大的事翻来覆去地讲，分析来分析去，一会儿大笑，一会儿诅咒，一会又开玩笑——把一点点可怜的料分解得连渣都不剩。

但今晚不同，感觉就像我们分离了一段时间后，各自有了不同的棱角，有了自己的故事，基本都是没分享过的。这简直要吓到我了，整个夏天的故事和心路历程将属于我一个人。当她们见证我的故事时，我的故事是那么真实。但我独自一人经历的故事更像是半梦半醒，故事因为我自己的恐惧和欲望而变了形。可谁知道呢？也许感觉比事实更真实。

牛仔裤是我们四个人生活的唯一证人。它既是见证，也是证物。在过去的几天里，我们都在裤子上题字留念，用文字和图画粗略地记录了我们的故事。这条简单的牛仔裤顿时艳光四射。

今晚，我和朋友们坐在破旧的有氧舞蹈室中间的红毛毯上，四周点上蜡烛，我环视着她们的脸。以前我们总将蛋糕放在中间，但今晚的主角是牛仔裤，蛋糕只得退居二线。两张晒黑的脸和蒂比那张苍白的脸与我相对，在烛光下，她们的眼睛都是亮晶晶的。蒂比兴致很高，她头戴来自墨西哥的宽边帽，身穿莉娜送给她的 T 恤，上面有莉娜画的阿莫迪港口。莉娜穿着布丽吉特的鞋；而布丽吉特则光着脚丫子，还把脚丫子伸到中间，让我们欣赏她的脚趾甲，上面涂着我最爱的绿松石色指甲油；蒂比和莉娜的膝盖挨在一起。我们又重聚了，分享着各自的生活。

但今晚大家都安静了许多，我们情愿将关爱留在心底，而不愿像往常那样开玩笑。我想，从某种程度来说，我们对于彼此仍然陌生，但牛仔裤让我们感到欣慰。这条裤子凝聚了我们夏天的记忆。也许它不会说话更好，这样便可以帮我们多记一些感受，少记一些事实。有了它，我们的记忆便会永远鲜活，我们将彼此分享。

我并不是说我们连故事的大概都没分享过，我们当然分享了。我和她们所有人都讲了阿尔伯特的婚礼；我们都知道布布为了跟埃里克的感情而纠结不已；我们也都看到了莉娜谈起卡斯托斯的神情，她以前可从没有这样说起一个男孩；我们也都知道了贝莉，而且我们都本能地知道问蒂比问题时要格外小心。不过，在故事的中间有无数条阴影线，它们只可意会不可言传。它们太微妙了，只有真正的朋友才能体会，相视一笑便能莫逆于心。这就是普通朋友和知音之间的区别，而我们就是知音。

我们听到了牛仔裤的诺言——还有很多时间，一切都不会错过。如果我们需要，还有一整年的时间。一年之后我们又会迎来一个夏天，到那时我们会再次拿出魔法牛仔裤，不论是重聚还是分离，一切又将重新开始。

· The End ·

牛仔裤的夏天

产品经理｜杨珊珊　　装帧设计｜向典雄
技术编辑｜顾逸飞　　责任印制｜梁拥军
产品监制｜吴　涛　　出 品 人｜路金波

图书在版编目（CIP）数据

牛仔裤的夏天 /（美）安 · 布拉谢尔著；李亚萍译. -- 上海：上海文艺出版社, 2020
ISBN 978-7-5321-7488-1

Ⅰ. ①牛… Ⅱ. ①安… ②李… Ⅲ. ①长篇小说－美国－现代 Ⅳ. ①I712.45

中国版本图书馆CIP数据核字（2020）第079506号

THE SISTERHOOD OF THE TRAVELING PANTS
Text copyright © 2001 by 17th Street Productions, an Alloy company, and Ann Brashares
This translation published by arrangement with Random House Children's Books, a division of Penguin Random House LLC
Sisterhood of the Traveling Pants is a registered US trademark of 360 Youth, LLC d/b/a Alloy Entertainment, LLC.
All rights reserved.

著作权合同登记号 图字：09-2019-892

alloyentertainment

出 版 人：毕 胜
责任编辑：崔 莉
特约编辑：王思宁
封面设计：向典雄

书 名：牛仔裤的夏天
作 者：[美] 安 · 布拉谢尔
译 者：李亚萍
出 版：上海世纪出版集团 上海文艺出版社
地 址：上海市绍兴路 7 号 200020
发 行：果麦文化传媒股份有限公司
印 刷：河北鹏润印刷有限公司
开 本：880mm×1230mm 1/32
印 张：10.25
插 页：4
字 数：196 千字
印 次：2020 年 7 月第 1 版 2020 年 7 月第 1 次印刷
印 数：1－6, 500
I S B N：978-7-5321-7488-1/I · 5960
定 价：49.80 元

如发现印装质量问题，影响阅读，请联系021—64386496调换。